天上红莲

天上紅蓮

渡边淳一 著

竺家荣 译

青岛出版社

目　录

第一章　曲水宴后 / 001

第二章　可爱成熟 / 016

第三章　变幻自如 / 030

第四章　中宫之路 / 042

第五章　夜半梦呓 / 060

第六章　浓情蜜意 / 072

第七章　周旋其间 / 084

第八章　皇子诞生 / 097

第九章　缠绵夜床 / 112

第十章　继承皇位 / 124

第十一章　三人三样 / 136

第十二章　荣华十年 / 150

第十三章　法皇驾崩 / 165

第十四章　女人哀惜 / 177

第十五章　荣华衰退 / 190

第十六章　女院出家 / 203

第十七章　佳人残影 / 218

译后记：超越千古的人间情爱物语 / 233

第一章　曲水宴后

一进入弥生①时节,阳光日渐和煦,日照也仿佛骤然延长了。

虽已是酉时②,但庭园里依然亮如白昼。正前方假山石旁盛开的一簇簇金黄色的棣棠花,好似欲挽留那夕阳残照一般,愈加摇曳生辉,灿灿炫目。

白天,在此大炊殿内刚刚举行了"曲水之宴"。

据传,直至四五十年前,世人为祛除自身污秽,于弥生第一个巳时,乘舟楫出海寻访阴阳师做祓,或将偶人置于小舟之上放流,即所谓行"上巳之祓"已成习俗。

不知自何时起,该习俗逐渐废止,如今只保存了载偶人放舟的仪式,而载于小舟之上的偶人也置换为酒杯与赋诗,即所谓"曲水之宴"了。

依照白河法皇③意愿,今日午后,该宴于此庭园内举行。白河法

---

①日本阴历三月的异称。

②下午六时许。

③白河法皇(1053—1129),日本第七十二代天皇,1072至1086年在位。后三条天皇的第一皇子。让位后,首次开创"院政"制度,其实权长达堀河天皇、鸟羽天皇、崇德天皇三代,达四十三年之久。

皇的亲朋至交、皇亲贵戚及女房等数十人前来赴宴。

午时①，众嘉宾陆续到齐后，沿蜿蜒迂回地流向碧池的曲水之畔，各据一席之地，当自上游漂来的小舟流经自己面前之际，宾客务必将载于小舟之上的杯中酒一饮而尽，并将一首即席赋诗置于小舟上。

众宾朋在沐浴着融融春阳的庭园里饮酒赋诗，乍看之下，风骚娴雅，悠游逸乐，然此宴过后，所吟之诗将公之于世，任由世人品评，因而绝非可以等闲视之。

今日亦如既往，众来宾伴着袅袅管弦之音，无不诗兴大发，尽抒胸臆，其中尤令众人发出惊呼之声的，当属白河法皇吟诵的这首：

似幻似梦无从辨，但觉君身软如缎。

那情景是现实还是梦境，现在全然记不得了，只有你那柔嫩肌肤的感触仍然那么清晰。

如此狂放不羁之诗，竟然吟诵于曲水流觞之宴，众来宾莫不为之惊诧，纷纷猜测何人所作。待得知乃白河法皇御咏，皆哑然失声。沉寂片刻后，顿时发出一片赞叹："真是好诗啊！"

也难怪，此等香艳情诗，竟是今年已六十有二的白河法皇所咏，恐怕无人能够想见。

诚然，今日赴宴者中，抑或有人能猜到此诗为法皇御作，想必是察觉到近来法皇那如火般炽热的情思之故。

"不过，何至于在那样的场合……"

掌管法皇御所大炊殿的女房②大纳言内侍③，望着曲终席散、静寂

---

①正午时分。
②日本宫廷里的高级女官。
③"内侍"是侍奉天皇左右，掌管与天皇相关事宜的女官。"大纳言"是女官的最高级别。

无声的庭园,悄声低语。

虽说吟诗理当发乎真情实感,然此类"曲水之宴",似无须这般大胆表露心曲。

尽管相互唱和乃此宴之惯例,但毕竟只是将诗与杯一同置于流经面前的小舟之上,即兴赋一首感怀,以添游兴足矣。

譬如,应邀前来赴宴的藤原信通便吟诵了一首:

叶自飘零水自流,吾情枉然随波游。

引得众人发笑。

与之相比,法皇御诗何等情真意切、发自肺腑啊。

如此一来,法皇有了新的心上人之事,将会尽人皆知。

不消说,法皇尽可以想其所想、爱其所爱。天上人若坠入情网,为情所困,正所谓"天上天下,平安之明证"。

但另一方面,世人会挖空心思探究法皇所爱究竟何人,尔后围绕该女子,各色人等将各揣心思,蠢蠢欲动。

"但愿法皇能够适可而止。"身着唐装①和裳裙②的内侍暗自叨念着,沿东走廊轻步行至车宿③,拉开隔扇。

在此等候差遣的车副头④慌忙回顾,向内侍施了一礼。

"璋子公主还没到吗?"

"是。刚刚派人去催了。"

"马上再派人去催……"

---

①贵族女子正装最外层服饰。
②系于唐装腰部后面的服饰。
③贵族府邸里的停放车辇之所。
④侍奉于牛车左右的人。因乘车人的身份不同而人数、衣着不同。

车副头点点头，去招呼其他车副头，内侍见状便沿走廊往回走。

然后沿回廊往西去，快走到位于中央的寝殿①时，只见白河法皇突然拨开帘子，走出殿来。

法皇为何突然出来了？

大纳言内侍不禁退后一步，垂首侍立，法皇略显焦躁地问道："还没到吗？……"

"是。报告陛下，已于半刻之前派车去接，尔后又派人去催了。"

头戴乌帽子②、身着白色直衣③的法皇，默默地将目光从屋檐移向日暮时分的庭园。

"估计片刻便到。"内侍安慰般说道。

话音刚落，白河法皇便不耐烦地说："太慢了……"

今日之约是依照法皇旨意定下的，召璋子公主曲水之宴结束后的申时④前来见驾。

可是，殿堂里的时钟已鸣报申时，仍未见璋子公主人影，现在已酉时过半了。

其实，从璋子公主居住的二条富小路殿到此大炊殿，走路也不过半个时辰。

况且，眼下她与养母祇园女御⑤分住于不同的御殿，完全可以无所顾忌地出行。

不用说，前去迎接她的牛车已经派出，此时早已到达二条富小路殿了。

---

①天皇平日起居的宫殿。
②绫罗或纱做的黑色帽子，后世改为纸质，涂黑漆。因身份、年龄不同而样式不同。
③日本贵族男子的便服。
④下午四时左右。
⑤后妃称谓。地位仅次于中宫。

"会不会有什么事?"

"奴婢未听说。若璋子公主有事的话,当会即刻来报。"

法皇焦虑不安地开合着手中的折扇,朝御殿入口的东中门方向张望。

"公主一到,奴婢立刻会送入殿内,请陛下先回御座坐下等候。"内侍劝道。法皇仿佛没有听见,依然站着不动。

竟然能够让被权中纳言藤原宗忠称颂为"威满四海,天下归服"的法皇如此专候,恐怕很难说是正常之举了。

"上次,也迟到了。"法皇说道。

诚然,璋子公主并非初次迟到。两天前,以及五天前奉召前来时也都迟到了,虽说比今日早些。

也许因法皇连日频繁召见,公主身心过于疲惫吧。但上次璋子公主来赴约时,未见丝毫疲倦之色。十四岁正值青春妙龄,即便法皇在床帷之内百般施爱,公主也不至于怎样疲劳的。

想必有其他缘故吧,莫非璋子公主有什么难言之隐?

内侍正猜想时,法皇看穿了内侍心思似的问道:"难道说那孩子有什么不痛快吗?"

"陛下的意思是?"

"闹别扭等等。"

"那怎么可能……"

法皇一统天下,不可能有人敢于违忤。

非但如此,若蒙法皇召见,乃十二万分之荣幸,凡女子无不欢喜若狂,一刻不敢耽搁,立即应诏前来侍寝。承受法皇的恩泽雨露,正是生为女人的最高名誉,亦是关系到一门一族飞黄腾达的大好事。

璋子公主居然无视法皇召见,屡屡迟到,实在非同寻常。

内侍一直低眉垂眼地恭立一旁,见话已至此,暗下决心斗胆向法皇进一言。

"恕奴婢冒昧,有句话不知当讲不当讲。"

"但讲无妨。"

得到允许后,内侍环顾四周,见左右无人,便向法皇跟前跨近一步道:"依奴婢猜测,公主恐怕是在耍性子。"

"耍性子?"

"是的。璋子公主毕竟还是年少女子。"

虽说十四岁作为女人已具备足以魅惑男人的肉体,但头脑尚嫌幼稚。

"再说得清楚一些。"

"是。"内侍又朝四周看了看,奏道,"或许璋子公主也想要得到某种实物了。"

"什么实物?"

"譬如法皇陛下深爱公主的明证……或信物……"

"笑话……"法皇突然将折扇遮挡着嘴呵呵笑起来,"寡人爱情的明证,璋子再清楚不过了,早已算不得问题!"

的确,近来法皇已关怀备至地将二条富小路殿的豪华宅邸送予璋子公主,还为她添置了华丽衣裳,以及众多的随从仆人等,让她过着锦衣玉食、极尽奢华的生活。

迄今为止,法皇的嫔妃之中尚无人获此恩宠。

"你是说她还不满足吗?"

"不是。奴婢知道,陛下的心意公主已心有戚戚,绝无任何不满。"

"那么,还有其他什么吗?"

"奴婢可以斗胆禀告吗?"

"可以,快快说来。"

"遵命……"内侍再度额首,深吸一口气,以使自己镇定。

"凡女子受到君王宠爱,确乎无上荣幸之事,更何况承蒙尊贵的法皇陛下恩宠,自当感谢圣恩,感激之情言语难以尽表。只是,除此之外,倘若还能得到足可确认陛下之深情厚爱的、实实在在的名分或地位的话……"

"地位?"

"正是。启禀陛下,璋子公主是陛下最爱的女人,自然毫无疑问。对此,想必璋子公主也心知肚明。不过,公主尚无与陛下此意相对应的、可向朝廷内外明示的地位或称谓。"

法皇凝望着空中陷入了沉思,然后平静地问道:"你是指册立为更衣①或局②吗?"

"不止于此……"

"你的意思是,这样不能使她满意吗?"

"祇园妃的称呼是女御。"

法皇骤然睁大了眼睛,然后缓慢地点了点头。

"如此说来,她是想当女御了?"

"不,这个还说不好……奴婢只是觉得公主想要这些也未可知……"

听到这里,法皇露出了浅浅的微笑:"既然想要,为何不跟我直说?"

"可是,无论跟陛下多么亲近,这种事情璋子公主也难于……"

"原来如此。"法皇微微首肯道,"明白了。我现在回寝殿,璋子一到,立刻请她过来。"

"遵旨。"内侍躬身施礼,待抬起头时,只见法皇早已朝着通向寝殿的回廊走去了。

---

①后妃称谓。相当于从四位或从五位的官阶。
②对宫中有地位的女官的敬称。

当晚,璋子公主到达时已过酉时,天色已昏暗下来。

接到车宿来报公主已到达,内侍急忙沿回廊前去迎接时,璋子公主已走进了东中门。

内侍慌忙施了一礼,脱口道:"法皇正等得心焦呢。"

璋子公主含笑点头,表示已知晓,然后沿着回廊朝寝殿走去。

此时法皇已从寝殿迎出来了,也许是听见什么动静了吧。法皇向璋子公主伸开双臂,仿佛在说"你可来了"似的,璋子公主立刻扑进穿白色直衣的法皇怀里。

"噢,怎么才来,怎么才来!"

法皇紧紧搂抱着袿衣①装束的璋子公主,用右手慈爱地抚摸着她那如瀑布般长长的黑色秀发。

法皇正如饥似渴地盼望一亲这妙龄少女的芳泽不假,可何至于将内心的渴求这般袒露无遗呢?

内侍本以为法皇会责备璋子姗姗来迟,让自己苦苦等候多时,谁料想,法皇未露出一丝一毫的嗔怪之意。

内侍暗自思忖,长此以往,璋子公主会更加任性,无从约束,可现在对法皇说什么也是听不进去的。当务之急需请示一下,接下来在寝殿内,他们打算如何度过。

"请问陛下……"内侍对仍然紧紧拥抱的两人开口问道,法皇终于意识到什么似的,放开了璋子公主。

"可以准备晚膳了吗?"

法皇再次扭头瞧着璋子公主,等到她点头,法皇才道:"用膳吧。"

看样子,法皇要和迟到的璋子公主一起用膳。

---

①平安时代贵族女子的服饰。低领,宽袖,穿在唐装里面的最外层服饰。

"是,马上准备。"内侍鞠了一躬,刚一离开,两人便手牵手朝寝殿走去。

凭着对整个过程的观察,内侍感觉璋子公主不像是因有事而迟到,很可能仅仅是一时耍小性,出门晚了而已。

果真如此的话,便可以肯定是年轻女子在撒娇了。

内侍沿回廊返回东配殿时,悄悄摇了摇头。

璋子公主的撒娇是否行得通,全看今后他们两人的关系发展到怎样的程度了。

内侍自言自语着,吩咐御膳房,马上备膳。

半个时辰之后,坐在御座上的法皇和璋子公主面前摆上了晚膳。

外面天色已黑透,殿内正中央的灯台清晰地照出了并肩而坐的法皇和璋子公主。

看得出,虽说是用膳,法皇也想让璋子公主坐在自己身边。

在他们面前,御膳房的女房恭恭敬敬地一盘一盘地摆放着御膳。

法皇面前的悬盘有四条腿的方托盘。镶嵌着紫檀打底的描金螺钿,上面摆放了清蒸鲍鱼、鲑鱼丝和鲷鱼干。

其他高脚盘里盛着松子、榛子、枣、石榴等果品。

下面的方托盘上,还放着准备斟酒的银质酒壶和酒盅。

法皇嗜好饮酒,而璋子公主几经熏染后,也能陪法皇饮上几杯了。

今天法皇也是早早拿起酒壶,要给璋子公主斟酒了。

"不,我来……"

璋子公主虽然伸出了手,但法皇已不容分说给她的杯子里斟上了酒,然后,才轮到璋子公主给法皇斟酒。按规矩应由女房给他们斟酒,但她们见两人正情意绵绵,不敢打扰,只好侍立一旁,瞧得眼直。

与法皇这般亲密无间,交杯换盏地进膳的后妃,遍观四海之内,除璋子公主之外再无他人。

内侍见此情景,便留下安艺和但马二女房侍候,自己先行告退。刚一退下,便听到法皇和璋子公主发出朗朗的笑声。

真不愧是一对相亲相爱、情深意笃的爱侣,但这般旁若无人是否妥当呢?

内侍忽觉不安起来,挪动着碎步退出了寝殿。

话又说回来,法皇陛下对于女人是多么重情重义啊。

内侍回忆起了迄今为止耳闻目睹的法皇的爱情经历。

法皇出生于六十一年前,即天喜元年(1053)六月。作为当时的皇太弟,即后来的后三条天皇的第一皇子降生,讳号"贞仁"。

延久元年(1069)四月,法皇十七岁时被立为太子,称为贞仁亲王;当年八月,迎娶权大纳言藤原能长的养女道子公主为东宫妃。

但道子时年二十八,比皇太子年长十一岁之多,加上性格内向,据说皇太子与东宫之间感情并不和谐。

或许因此缘故,两年后,延久三年(1071),摄关①家的嫡系,左大臣藤原师实的养女贤子公主入侍东宫为妃。

贤子妃年方十五,小东宫四岁,且十分聪慧可人,很快便集东宫的宠爱于一身,使得道子妃愈加受到冷落。

至延久四年(1072),贞仁亲王二十岁时,父君后三条天皇让位于他,成为白河天皇,贤子妃被立为中宫正宫②。

贤子妃虽比道子妃后入宫,但贵为摄关家养女,且受到天皇专宠,

---

① "摄关"是摄政和关白的合称,日本平安时代(794—1192)中期的政治体制,具体指藤原氏以外戚地位实行寡头贵族统治的政治体制。天皇幼时,由太政大臣代行政事称摄政。天皇年长亲政后,摄政改称关白,辅助天皇总揽政事。类似于我国汉代的外戚干政。

② 也指与皇后有同等级别的皇妃。

自然是普天庆贺,不在话下。

贤子妃成为中宫之后,天皇对贤子妃的爱情有增无减,贤子妃亦仿佛回报天皇的宠爱一般,陆续诞下敦文亲王、善仁亲王,以及媞子内亲王、令子内亲王、祯子内亲王。

谁承想,这样一位健康、多产的妇人,却于应德元年(1084)九月突然病倒,不久便病入膏肓。

根据宫中禁忌,患病者需由宫内迁回娘家,但天皇舍不得与中宫分开,仍让她留在宫中,并招来众多阴阳师为中宫祈求康复。

虽如此,中宫亦未能痊愈,于当月末,年仅二十八岁便撒手人寰。

内侍听说,当时的内大臣藤原师通将此事的经纬载于日记,曰:"万人泣涕不已。"

此外,他还详细记述了中宫去世后白河天皇悲痛欲绝的情状,直到翌年,天皇仍沉浸于无尽的哀思之中,以致竟日待在夜御殿[①]里唏嘘伤悲,不理朝政。

天皇还为已故中宫祈福,于比睿山[②]麓东坂本建立圆德院,于比睿山的横川建立胜乐院,又于醍醐建立圆光院,以及在法胜寺内建造常行堂等。

在建立这些寺院的同时,大江匡房起草的《法胜寺常行堂供奉愿文》和《圆德院供奉愿文》等文章的字里行间,均渗透了这段时期天皇对中宫的悲叹追思,不过,内侍对这些文章只是听说,并未亲眼看过。

此后,白河天皇虽让位成了上皇,仍未能忘怀中宫贤子,因而一直未纳新妃子或女御,只是时常临幸身边侍奉的女房,甚至沉湎男色,

[①] 位于清凉殿内的天皇的寝殿。
[②] 日本七高山之一,为日本天台宗山门派大本山。位于京都市东北部,海拔八百四十八米。

满足一时的生理需求。

可以说,自宽治到康和年间,白河上皇的荒淫无度,放浪形骸,是由于无法忘怀中宫贤子,自从见到衹园女御,才终于收回了漂泊之心。

这位衹园女御,原本是源惟清的妻室,据说作为下级女房在白河上皇身边侍候时,被上皇看中后,迅速受到宠爱。

然而,这位女御的丈夫惟清,曾任三河①守,因妻子被法皇夺走,而对法皇怀恨在心。

法皇察觉后,为独占女御,更为铲除祸根,便冠以"诅咒法皇"之罪,将惟清及其姻亲流放。以上虽是道听途说,不清楚详情,但与此相近之事件确实存在。

衹园女御受法皇专宠已有十年之久。康和末年时,她名义上是侍妾,实际拥有不亚于妃子或中宫的权势。

大约从这一时期开始,内侍也获得侍奉法皇的机会,因此对这些事情记忆犹新。

内侍记得,自己侍奉法皇后不久,女御被安置在衹园附近一座奢华无比的宅第里,随时奉召去侍奉法皇,且常常被留在法皇的御所侍寝。

九年前,即长治二年(1105),法皇在衹园神社东南角建造了阿弥陀堂,安放了一尊一丈六尺高的阿弥陀像。那年秋天,以东寺②的大僧都③范俊为率引高僧,举行了供奉仪式。

参列者有权中纳言藤原宗通、藤原仲实、参议左大弁源基纲,以及

---

①古国名。现在的爱知县东部。
②教王护国寺的通称。
③日本僧官之一。

所有的殿上人①。场面之盛大,令内侍至今难以忘怀。

翌年,女御又在鸟羽殿御堂举行了五部《大乘佛经》的讲经。除贤暹等众高僧外,权大纳言藤原公实、藤原经实、权中纳言藤原仲实等公卿也尽数出席。

不消说,这些奢华盛典皆仰赖法皇之威光,凡出席者无不是凭借祇园女御才成为法皇的宠臣的。

然而,女御虽得到法皇的万般宠爱,却始终心有一憾,即至今未能怀上法皇之子。

若有幸妊娠,那么此子,以及女御自己将会获得怎样的地位啊。光是想想女御都会激动不已,唯此事令她甚感遗憾之至。

于是,对自己生育已不抱希望的女御决定收养一个女儿。

此时有幸被选中的是女御的"亲信"之一,藤原公实的女公子。

公实属于藤原氏北家的闲院流②,是正二品大纳言实季的大公子,相当于白河法皇陛下的堂兄弟。

这位公实与其夫人光子③之间生有八子,其最小的女儿璋子成了女御的养女。

也有人说,此乃当时实力迅速增长的闲院流对白河院政④示好。

因此,璋子公主自幼便时常有机会见到法皇。她五岁的时候,法

---

①允许上殿的人。
②藤原氏北家一支流的家名。始于藤原公季。
③堀河天皇与当今天皇的乳母。
④"院政"在日本,指天皇让位后作为太上皇或法皇继续处理国政的政治形态,始于白河天皇。1086年,为了彻底摆脱摄关家的控制,白河天皇让位于年仅八岁的堀河天皇,自己以"上皇"的身份继续掌管朝政。即"金蝉脱壳",创立了院政制度,获得新的权力空间。上皇"执天下政"的时期,世称"院政时代",共经历了白河、鸟羽和后白河三代太上皇主持院政的时期。

013

皇还出席了璋子公主的着袴庆典①。

其后,养母每次奉诏去法皇寓所,璋子公主都跟随前往。时而闹着玩地与法皇同枕而眠,睡觉时甚至将她的小脚伸进法皇怀里。

当然,法皇起初只是出于单纯的嬉戏,无意间触摸到璋子公主的肌肤,而璋子公主似乎也喜欢法皇床上的舒适温暖,怀着懵懵懂懂的好奇心,睡到法皇身边的。

再说,旁边躺着养母女御,璋子公主自知不过是女御的女儿,所以三人同床,并不感觉特别不自然吧。

不曾想,两次三番睡在一起后,法皇开始对璋子公主的身体感兴趣了。

不过,纵然贵为法皇,当着女御的面也不可能随心所欲的。

大概某日女御要回去时,法皇命璋子公主留下,两个人继续在床上玩耍时,不知不觉便结合了吧。

内侍因不在法皇身边侍候,对此事内情不甚了解,但据其他女房说,是很自然地发展到男女情交的。

但内侍还是无法想象,有着祖孙般年龄差距的男人和女人竟然会交合。也许正因为年龄差距很大,法皇才对璋子公主感兴趣的吧?

尔后他们的交往可谓异乎寻常,半年过后,对法皇而言,璋子公主已是不可或缺的掌中宝玉了。

这段情缘堪称忘年之交,可喜可贺。然而,迄今为止法皇最爱的女人一直是祇园女御。

女御万没想到会遭遇自己的养女——视如己出的璋子公主的背叛。当然,背叛了女御爱情的是法皇本人,但情敌竟然是璋子公主。

---

① "着袴庆典"是日本皇家在平安时代就开始流行的一项庆典,主要是皇族给家庭内年幼的后辈举行的庆祝活动,一般在五岁或七岁时举行,祝贺他们又成长一岁,祈祷平安健康。

真不知在此事上,法皇乃至璋子公主究竟是如何考虑的。

于是,自去年夏天起,女御推说身体不适或眩晕等等不再去法皇的御所伴驾了。与此同时,璋子公主的来访次数迅速增加,则是确凿无疑的事实。

他们两情相悦、互相爱恋之事,自下级女房至车副之流,已是无人不知、无人不晓了。

无论是法皇还是璋子公主,都称得上是毫不介意他人非议的天真烂漫之人,或曰色胆包天之人,全然无意遮遮掩掩、避人耳目。

不过,也许是璋子公主觉得愧对养母女御,抑或是女御对璋子抱怨了什么,今年初,法皇另外赐给璋子公主一座宅邸,使她得以和女御分开居住,因而自由自在多了。

今晚璋子公主虽说迟到了,但并未爽约。此时,两人又若无其事地亲亲热热说笑了,真是匪夷所思。

难道说是法皇一厢情愿,而璋子公主只是虚与委蛇呢,还是璋子十分享受这种状态呢?他们的真实内心实在是让人琢磨不透,不知今后会是怎样的前景。

无论怎样,但愿不致出现麻烦事态便好。内侍回到自己住处后,仍愁绪难消。

第二章　可爱成熟

"咕咕,咕……"隐隐约约有鸟叫声自寝殿窗外飘然入耳。

是鸽子在叫呢,还是造访的山鸟在叫?这深更半夜,何以会有啁啾鸟鸣呢?

法皇睡意蒙眬的脑海中浮现出了"交尾"一词。

据通晓动物习性的阴阳师①说,雀儿深夜也会不时发出"唧唧唧,咕噜噜"的鸣啭。

法皇曾经感到不解,在黎明前黯淡的星空下,鸟儿们唧唧咕咕的在做什么?阴阳师告诉他,那正是雌雄交合时发出的欢快愉悦的啼叫,谓之"交尾"。

如此说来,刚刚闻听的鸟鸣,正是鸽子夫妇交尾时发出的了?

法皇躺在床上侧耳细听,可是鸟儿也羞于被人听到似的,再无声息了。

"我们不是也和鸟儿一样嘛……"法皇脸上微露笑意,轻轻掀起

---

①日本阴阳道的占术师。阴阳师所隶属的官方机构为"阴阳寮",其主要职责是负责天文、历法的制定,并判断祥瑞灾异,勘定地相、风水,举行祭仪等,可支配人员近百名。阴阳道至此成为日本律法制度的一部分,谁控制了"阴阳寮"就等于握有诠释一切的能力。阴阳道成了天皇的御用之学。

棉睡袍的一角来。

此时,璋子正微微低垂着头,面向这边枕在自己伸出的左下臂上,她的颈部至酥胸都隐约可见。

法皇特别欣赏触摸璋子胸部时的感觉。

璋子尚在睡梦之中。她那黝黑的睫毛遮蔽着双眸,纤细的脖颈下面横着两道锁骨。其胸部轮廓全凭这两道稚嫩的锁骨撑起,这微微凸起的锁骨上各浮出一个浅浅的小窝窝。

十五岁之少女,尚未完全发育成熟,然而其稚嫩的锁骨下面却是赫然饱满的丰胸。

法皇虽阅人无数,但这般集稚嫩与成熟于一身的女人肉体还是初次见识。没有比稚气与成熟兼而有之的女人更耐人品味了。

"是这样吧?"法皇喃喃问道,轻轻地将这娇柔的肉体揽入怀中。

昨夜,两人把酒对酌,狎昵嬉戏时不知不觉便搂做一团,交合为一体。

法皇隐约记得事毕再次拥吻了璋子,之后便双双沉入梦乡。

留在法皇记忆中的,只有最后拥抱璋子纤纤玉体时那妙不可言的感触。

女人柔软如缎的肉体是最勾魂摄魄的了,而璋子的肉体还不止于此,其柔软之中还隐含着稍一用力便会破碎般的细嫩。

法皇尽享了这娇柔而曼妙的肌肤,带着满足入睡了。蓦然醒来时,隐约听到了声声鸟叫。

莫非连鸟儿也受到我们的诱惑而交尾?

随着意识渐渐清醒,法皇突然产生了想要一睹璋子玉体的冲动。

而且要趁着她沉眠未醒之机,尽情赏玩个够。

可是,这寝床位于四面土墙包围的涂笼①之内,照明只有位于门

---

①日本寝殿式建筑中四周有着厚厚的墙壁的封闭式房间。

边的灯台。

尽管那是盏油灯,但因在几帐①外面,光亮照不进这里。

姑且耐心等到黎明吧。

可是,这期间自己难保会睡去,再醒来说不定天已大亮。

而天亮以后,璋子会害羞,断然不会允许的。

想个什么法子,能趁现在偷窥个够呢?

法皇思来想去,除了把灯台拿近一些,别无他法。

"如何是好……"

命隔壁的值宿者将灯台拿过来未尝不可,但会引得他猜疑。

当然,即便他猜疑什么,也全然不用在意,但可能的话,法皇还是想悄然行事。

看来还得劳动自己了。可是,若把油灯放得过近,万一点燃几帐,引起火灾,则非同小可,璋子会备受惊吓的。

"用萤火的话,或许会安全一些……"法皇突发奇想,不禁展眉一笑。"若能在幽幽萤光下,一览璋子赤身裸体,定然美艳绝伦。"

法皇兀自首肯着,只可惜距离萤火虫的季节还为时尚早。

虽说是一妙招,今宵怕是不能遂愿了。

"只好再忍耐些时日了。"法皇自言自语着,悄悄端详起璋子来。

对躺在自己身边的男人正琢磨什么一无所知的璋子仍旧香甜地睡着。

璋子一向如此,一旦睡着了,就很难醒过来。这也是一大把年纪的自己所不具有的年轻的优势吧,法皇暗想。

"好吧好吧,你好好睡吧。"法皇放弃了偷窥裸体的企图,再次伸出双臂把璋子搂进怀中,缓慢地用右手来回摩挲她的后背直至腰间。

---

①用于分隔室内空间的垂挂于T形木架上的帐幔。

璋子的后背虽然稚嫩，但从腰部到臀部却格外丰满暄软。

从脊背直至腰间的柔嫩与丰腴并存，也是十五岁少女才拥有的，令法皇爱不释手。而这肉体里蕴藏的成熟风韵，均由自己一手培育而成。

现在回想起来，初次触摸到这柔细水滑的肌肤，是这孩子十岁之时。

当时法皇和璋子的养母祇园女御正躺在床上，突然发现璋子站在床边，正好奇地瞧着他们。

法皇随对璋子说："外面冷，上床来吧。"她扭捏了片刻，便慢慢爬了上来。

然后，她满不在乎地闹着玩似的钻进法皇被衾里，屡次不经意地互相触碰肩头、背部，或互相缠绕两腿时，不知不觉间便结了男女之欢，那是璋子十四岁时，即一年前的事。

那天，养母祇园女御先回去了，剩下璋子一人玩着母亲的梳妆匣时，法皇叫她过来。

不知当时璋子是否已解男女风情，十四岁的她尚未行过着裳①之仪，或许用语言表述不清，但想来应该朦朦胧胧知道是某种需避人眼目的隐秘之事吧。

然而，她还是乖觉地上了法皇的床，想必是未曾料到会发展到那般程度吧。抑或因为对方是早已有过肌肤接触的养父，而觉得不必害怕呢？

就这样，法皇把玩掌中之玉般小心翼翼地抚爱时，很偶然似的触

---

① "着裳"指日本古代女子的成人仪式，系上腰带、初次穿着成人女性的正装——裳。"裳"是平安时代以后，身份高贵的女性在穿着礼服时，穿在礼服腰部后下方的像围裙一样的礼服。多在十二至十四岁进行，但对于年龄并无特别限定，只要婚礼之前举行即可。此外，平安中期以后，成年女性的发型以垂发为主，因此在此仪式上，还要将刘海分开。

到了她的私处,一瞬间,璋子惊惧得绷紧了身体。法皇暂时停下触摸,静静地在原地等待,直到璋子平静下来后,才重新继续爱抚起来。

法皇耐心地爱抚着,直到确认璋子那里开始湿润,才再次把她搂进怀中,将自己的阳物轻轻与之接触,尔后,突然误入歧途似的悄然侵入。

尽管法皇自认为是十二分加小心地动作,但璋子还是露出了惊慌害怕的表情。不过,法皇凭借多年来与女性交媾的阅历与耐心,终于大功告成。

就在结合的那一刻,璋子轻轻"啊……"了一声,扭动腰肢,试图躲避,但法皇仍旧紧紧地抱着她,低声安慰她:"不用害怕。"

也许是法皇的话让她放了心,也许是已有了某种程度的精神准备,璋子渐渐安静下来。法皇轻声对她诉说:"我爱你,我喜欢你,最喜欢你了。"

虽然这是法皇迄今为止对许多女人说过的话,但面对璋子时,就仿佛在向神明宣誓,连法皇自己都对此深信不疑。

而这份情爱,从璋子的初夜直到一年后的现在,仍甜蜜依旧,丝毫没有褪色。不对,应该说法皇现在对璋子爱得更深更切了。

六十三岁和十五岁,虽然相隔着几乎是祖父和孙女之间的年龄鸿沟,但在相爱这一点上是毫不相干的。不,应该说正因为有这么大差距,才会爱得如此狂热。

"是这样吧?"法皇抚摸着璋子圆润的臀部,轻声问道。

总之,自从结合以来,璋子内心渐渐萌生并成长起来的女人味儿,无不是在自己的循循善诱下调教出来的。

不论是与她那窈窕身型不相称的成熟胸脯,还是超乎想象的丰满腰身,抑或是私处的丰盈润泽,都是自己一手造就的。

"这里,那里,还有那里……"法皇在心里诉说着,再一次温柔地抱住璋子,将自己的嘴唇贴在璋子耳边嗫嚅道,"我爱你。"

也许是璋子听到了什么,突然微微晃动起头来,须臾,脸又扭回到原来位置,呢喃着:"Suemichi 大人……"

法皇不禁停下一切动作,凝神注视着璋子。

尚在睡梦之中的璋子,闭合着她那长睫遮蔽的双眸,软绵绵地依偎在法皇怀中。

但是刚才,璋子确实轻轻叫了声"Suemichi 大人……"。

Suemichi 是何人?是男人还是女人?还是在做梦呢?

不行!若是做梦的话就更不可掉以轻心了。

她躺在自己的怀抱中,竟然叫出了别的男人的名字。

"此人到底是谁?"法皇忍不住说出了声。再次正面审视着仍闭眼熟睡的璋子,缓缓摇了摇头,"不行!决不能听之任之!"

次日卯时①,早膳尚未用完,大纳言内侍便接到了法皇传唤。

璋子公主方才回宅邸去,内侍以为法皇会小睡片刻,不料突来传召。

"发生了什么事?"内侍惶恐不安地行至涂笼前的御座跟前,见法皇已身着直衣,肘倚凭几,直勾勾地盯着自己。

"Suemichi 这个名字你可听说过?"

"陛下是问 Suemichi 吗?"

"是个人名,男子名。"

突然被问及,内侍一时半会儿也想不起来。

"是在陛下这里当差的人吗?"

"不清楚,很可能是二条殿那边的。"

---

① 上午六时左右。

二条富小路殿是璋子公主所居的宅邸。

内侍不知那边是否有名叫"Suemichi"的人,在法皇御殿里当差的人还好办,而其他御殿里的人,就不一定知道了。

"这个Suemichi,莫非是……"法皇暗自低语,死盯着空中的某个地方。望着法皇那可怕的表情,内侍想起了一个男子。

"依奴婢猜想……"内侍刚一开口便觉不安,"不知可否禀告?"

"但说无妨。"

内侍施了一礼,吸了一口气,道:"莫非是季通大人?"

"季通?"

"正是,是藤原宗通大人的……"

"果不出我所料……"法皇似乎已然意识到了,依靠凭几自言自语着,"是宗通的……"

季通是法皇的宠臣藤原宗通的爱子,确切地说,应该是他的第三子,年纪约莫二十许。大约三年前,以左兵卫佐之职荣升备后①守,与其父一样,也深得法皇信任。

"那么,季通为何……"

"陛下是问……"

"季通常常出入二条殿?"

"此事奴婢只是从二条殿处听得,季通大人擅长古筝、琵琶,而且精通和歌,璋子公主正师从于他……"

"如此说来,季通是教璋子古筝和琵琶了?"

"法皇明鉴,奴婢这样听说的。"

法皇没有点头,只是注视着空中,蓦然瞪大眼睛。

"敢问陛下,发生什么事了?"

---

① 日本旧国名,现在的广岛县。

内侍不无担忧地问道。只见法皇缓缓点了点头,将手里的折扇再次换了只手:"传召二条殿的女房。"

"啊?陛下要传唤何人?"

"叫璋子最贴身的女房来见我。"

"请问,是现在吗?"

"是的。立刻,马上!"

"可是……"就在片刻之前,璋子公主刚刚回到宅邸,此时女房们一定正忙于侍候公主梳妆打扮。法皇偏偏要这个时间传唤璋子公主的贴身女房,所为何事呢?内侍正思量时,只听法皇喝道:"叫你传,去传便是!"

见法皇动怒,内侍赶紧俯身叩首,轻声诺道:"奴婢遵旨。"

到底是何缘故,一大清早法皇就如此兴师动众呢?

教授璋子公主古筝、琵琶技艺的男子藤原季通,乃是璋子公主的身边侍从,尽人皆知。

事到如今,法皇却要亲自确认,是何打算呢?

内侍满心以为,昨夜璋子公主弹奏古筝琵琶,讨得法皇的欢心,看来显然不是那么回事。

内侍百思不得其解,火速派人前往二条殿传旨。

虽说是奉法皇之命传召璋子公主的贴身女房,但内侍担忧女房身份低微,在法皇面前会紧张万分,答不上话来。

思量再三,内侍修书一封,交与信使,请二条殿的若狭乳母即刻来大炊殿面见法皇。

半个时辰过后,法皇依然毫无倦态,正襟危坐,一副若有所思的神情。

稍后会发生什么呢?内侍揣测不出,命下人重新打扫回廊偏殿,给庭园洒水。

不到一个时辰工夫,二条殿的若狭乳母乘着牛车匆匆赶来。

一大早被召来,加上又是法皇亲自召见,兴许是过于紧张,若狭乳母表情僵硬,脸色煞白。

"不知奴婢等做了什么不妥之事……"若狭乳母惴惴不安地问道。

"没事,没事。"内侍按着她的肩头安慰道,"法皇有一桩事想要向你了解一二。"

若狭乳母仍神色紧张,不住地整理着唐衣的胸襟。

即便是若狭乳母,让她独自面见法皇,还是令内侍放心不下。于是,内侍先进入殿内,站在帐幔外面向坐在御座上的法皇请示:"二条殿的若狭乳母到了,奴婢可以陪在旁边吗?"

"可以。"

听到法皇凛然的声音,两人垂首伏在帐幔已掀起来的御帐台①前面。

"汝是何人?"

"参见陛下,奴婢是璋子公主的乳母若狭。"

法皇点点头。待若狭乳母慢慢抬起头来后,法皇掷地有声地问道:"听说藤原季通常去璋子住处,可有此事?"

"是的。"

"从何时开始的?"

"大约一年之前。"若狭乳母匍匐在地回答。

法皇不容她喘息地又提出下一个问题:"他只是教授乐器吗?"

"好像也教授和歌等等。"

"只此而已吗?"

---

①四周有帐幔的床铺。

"什么?"若狭乳母困惑不解地仰起脸来。

法皇的喝问朝她迎面掷了过来:"除此之外,不曾做过苟且之事吗?"

"……"

"同样是男人和女人啊。"

听到这里,若狭乳母仿佛才意识到法皇此番问话的真意。

若狭乳母匍匐着没敢抬头,肩膀微微颤抖着,默不作声。也许事关自己服侍的主人的隐秘之事,使她犹豫不决,不知该不该告诉法皇。

可是,法皇焦躁的声音打破了沉默:"你若隐瞒,对他也没有好处,从实讲来!"

在法皇的再次逼问下,若狭乳母终于下了决心。她再一次向法皇深深俯首磕头后,怯怯答道:"启禀陛下,授课之后,有时他们好像一起游戏……"

"做何游戏?"法皇间不容发地追问。若狭乳母的头垂得更低了。

他们之间会发生什么事呢?内侍惶恐不安地抬起头来,只见一向温和慈祥的法皇,脸色犹如阎王一般血红。

"他们也一起睡过吧?"

"没有……那样的事……"

"你是说没有吗?"

说实话,若狭也知道得不十分清楚,但两个人互相抱有好感,是确有其事。

"陛下恕罪。"若狭几乎额头抵地,匍匐着小声回答,"是奴婢等失职……"

"你不用怕。寡人不是要追究尔等的责任,只想知道季通做了什么。"说到这儿,法皇喘了口气,将右手的扇子轻轻拍了拍膝头,"还有他人吗？"

"……"

若狭乳母不解法皇真意，战战兢兢地抬起头来，法皇急不可耐地追问："和季通一样，纠缠璋子的男人……"

难道说还有其他人吗？内侍吃惊地抬起头，见法皇稍微平和了些，继续发问："那么招人喜欢的女子，怎么会没有其他男人追求呢？"

法皇的声音虽然温和，目光却十分冰冷。若狭乳母也许实在忍受不了如此可怕的目光，轻轻说道："奴婢有罪……"

"怎么，你想说还有其他人了？"

"是的，只是奴婢知道得不是太清楚。"

"快快说来！"

"和增贤大人一同来的童子也……"

突然间，法皇用力敲打着扇子，问道："你是说增贤的童子？"

"是的，好像时常悄悄来访……"

这到底是怎么一回事啊？内侍还是第一次听闻此事。

季通是权大纳言藤原宗通的公子，从四位上的备后守。不仅精通乐器，而且擅歌咏，即便频繁出入璋子公主的宅邸也不足为奇。

可是，增贤不过是个权律师，是为殿上人祈祷安康、保佑平安的人。璋子公主与随从此人的童子苟合，也实在轻薄了些。内侍深感意外，不由得叹息了一声，但转念一想，不觉恍然大悟。

记得今年年初，一向健康的璋子公主忽然身体不佳，休养了很长时间，听说当时为她祈福的就是增贤。

当然是法皇派他去的，可是璋子公主居然和他的随身童子有染，这就好比被自己豢养的狗咬了手一样啊。

不过，璋子公主未免太水性杨花了吧，内侍的心情越来越烦躁。只听法皇追问道："那个童子多大了？"

"大概比璋子公主小一两岁。"

"是个什么样的男人?"

"陛下的意思是?"

"他出身卑微,我知道。其他呢,模样如何?"

若狭乳母再次叩首后,回答道:"奴婢只见过他一两次,是个眉清目秀的男孩子。"

"你的意思是,他长得很周正吗?"

"是的……"

若是年龄相仿的美少年,璋子公主喜欢也很自然,内侍暗想。

璋子公主现在和年龄相差很大的法皇——岂止是父辈,相当于祖父辈有着肌肤之亲,偶尔想要接近年轻男子也情有可原。

一瞬间,内侍开始理解璋子公主了。这时,法皇又问:"此事,增贤也知道吧?"

"是,大概知道。"

"明白了。"法皇使劲摇着头,再次用扇子头指着若狭乳母说,"辛苦了。你可以退下了。"

突然听到此话,若狭乳母赶紧伏身谢恩。一点点跪着向后倒退着,等法皇点头允许她站起来。

内侍见状催促道:"请赶紧下去吧……"若狭乳母又一次叩首后,才站了起来。

那天以后,法皇处理此事时的决断之神速与严厉,令内侍甚为惊叹。

她再次感受到了尽管年过六旬,但长年执掌院政的法皇那威震四海、无人敢于争锋的实力。

其中最为严酷的,当数对藤原季通的处置。

原本是法皇最为宠信的藤原宗通的公子,却迅疾被解除左兵卫佐之职,并禁止出入皇宫。

对此处置,许多人不明就里,但凡侍奉在法皇身边的人却尽皆了然于胸,心照不宣。事实上,无论是季通的长兄信通,还是次兄伊通,都无法抗旨不遵,只得诚惶诚恐地服从处置。

尽管处罚非常之严厉,不过也有人认为,即便被处以发配边琼也无由违抗,因此,季通虽被罢免官职,却保全了性命,还算是侥幸了。

然而,此事成了贵族们的谈资。记录当时史实的《今镜》①里记载如下:

> 大纳言宗通的三子,乃前备后守季通。因筝、琵琶等技艺精湛,由兵卫佐升至四位,其中(诸兄弟之中)甚至有人官至上达部。季通虽如此仕途顺遂,却过于沉溺女色。

此文最后推测,季通因风流而断送仕途。然而,从他留下的许多和歌来看,并不见风流韵事的痕迹。

况且,当时上层贵族间的乱交乃是公开的秘密。也就是说,此类绯闻根本无碍仕途。实际上,如关白②藤原宗通等人,正妻封为最胜金刚院,他自己却风流成性,其结果,只将所生之子全数入了僧籍便得了结。

与其相比,对季通的处罚是多么严苛而残酷啊。

此后,流传下来的季通所作的和歌,都是像下面那样对自身命运的追悔之歌。例如:

---

①日本历史物语,又名《续世镜》《小镜》,成书于平安时代晚期,是日本四部历史物语(即所谓的"四镜"——《大镜》《今镜》《水镜》《增镜》)的第二部。作者为藤原为经,书中暴露和批判贵族的腐败。

②辅助天皇、总理万机的重要职位。参看"摄关"注释。

无尽相思终日念,掩面泣涕袖不干。

　　与心上人生离死别,再难相见。此恨绵绵,终日双泪长流,连衣袖也因擦拭泪水而成褴褛。

　　由上述和歌可确信,季通对璋子公主是多么一往情深了。

　　在季通失足的同时,另外一位不走运的男人便是权律师增贤。

　　增贤与璋子公主虽无直接瓜葛,只因他的童子是璋子的情人,便被发配到难波①之地,做了四天王寺的别当②。

　　这一处罚也是令增贤无法接受的。无奈是法皇的命令,安能违抗?

　　那么,对于法皇施予这些男人的严厉处罚,璋子公主是何态度呢?为此,务必先弄清楚璋子公主对季通或童子究竟是什么态度。

　　关于这方面的情况,璋子公主自己没有谈及过,内侍也不可能直接去问她,所以不甚了解。

　　唯有一点可以确认,即从那以后,璋子公主在各个方面都小心谨慎起来,不再惹是生非了。

　　究其原因,自然不能排除此次事件之影响,但璋子公主不单是法皇身边的女人,同时,也是最受法皇宠爱的女人,一言以蔽之,她还具有可以左右当今拥有最高权力的法皇心情的能力。不知璋子公主意识到与否,然而可以肯定的是,从此时开始,她心无旁骛,一心侍奉法皇了。

　　毋庸置疑,法皇也觉察到了这些变化,从此往后,两人的爱情更上一层楼,并日益成为宫廷里飞短流长的话题了。

---

　　①大阪市一带的古称。
　　②日语"别当"一词有多种含义,此处专指寺庙中总掌寺务的僧官,后文中亦有"别当"一词出现,但其含义有所不同。

第三章　变幻自如

永久三年(1115)初夏,白河法皇六十三岁,璋子十五岁,但他们的爱情却愈加炽热,丝毫不见冷却的迹象。

只是近来发生的几件事,使长年侍候在法皇身边的内侍颇觉蹊跷,实在猜不透法皇所思所想,意欲何为。

其一是,刚进入水无月①,法皇便迫不及待地召内藏寮头来见。

内藏寮是掌管各地向皇宫及后宫进献当地土特产的衙门。内藏寮头相当于从五位下,因而直接面见法皇亦无不可。

但此类情况实属罕见,难不成法皇对进贡之物抱有兴趣?却又未见有任何贡品送来。

而且,内藏寮头见过法皇之后,竟然再次带身份低微的工匠一同来觐见法皇。

究竟为了何事,法皇要召见此等低贱之辈呢?

内侍百思莫解,便壮着胆子去问法皇,法皇微微一笑,答曰:"打算做一只萤火虫灯笼。"

---

①日本阴历六月的异称。

内藏寮的确承办采买织染、陶器和色纸等各类物品。因此,有可能奉命制作某件器物。可是,法皇命他们制作萤火虫灯笼,是何用意呢?

内侍又问:"请问陛下,做萤火虫灯笼,所为何用?"

法皇干脆地回答:"照亮啊。"

可是,若用于夜间照明,则御殿内四处宫灯高挂,各殿堂之中也是彻夜灯火通明。虽不至于亮如白昼,但所到之处,盏盏相连,夜间起居毫无不便。

见内侍仍一脸迷茫,法皇面露微笑,"这种灯笼,岂非别具风情?"

诚如法皇所言,萤火灯台自然更添意趣。

真是别出心裁。除了一向我行我素的法皇,无人想得出来,可问题是,捕捉萤火虫制成灯笼,果真能办到吗?

小小萤火虫光亮熹微,即便放进几十只,其亮度也可以想见。更难办的是,这许多萤火虫又该装进怎样的笼子里呢?

若是竹编笼子,它们绝对会从网眼逃将出去,不行不行。

内侍越想越茫然了,法皇却兴味盎然地说道:"不日便做好,你就等着看吧。"

听法皇的口吻,似乎并不需要大兴土木或者修缮什么。

内侍暂且放了心,可是,让她意想不到的出入皇宫之人还不止于此。

令内侍不解的另一位参见者是典药寮的御医丹波重康。

因此人是法皇的侍医,时而会见到他进宫,并不算稀奇。

只是近来龙体安康,未见丝毫病兆。

如月[①]初,法皇虽偶染微咳,卧床一日,但那时重康已来诊视过,

[①]日本阴历二月的异称。

还配了汤药,尔后一直无恙,健壮如初。

为何值此大地回春之时,此人来面见法皇呢?

内侍深感困惑,想探问法皇哪里不适,但在问法皇之前,她还是先向在法皇身边伺候的女房河内了解情况。

河内告诉她:"好像听法皇他们提到了枸杞。"

"原来是枸杞啊……"内侍喃喃自语着,忽然想起从男仆那里听来的话。

枸杞自古以来便作为长生不老之药受世人青睐,据说,作为男性的强精之药也颇有效用。

如此看来,法皇是出于这方面的需要了?

典药寮里有大片草药园,难道说,在那里种植了各种药用植物的重康,从中挑选上好的枸杞煎好之后,给法皇送来饮用吗?

即便如此,内侍还是没有想到法皇这般钟情于枸杞。

法皇今年已六十三岁了,男性自不待言,许多女性到了五十岁以后也会亡故,只有法皇年过花甲,依然身强体健。

这或许与法皇高居无人可及的至尊权位,多年来与各色女人交媾,汲取她们的年轻精气不无关系吧。法皇一直精力旺盛,尤其近来对璋子公主表现出了异乎寻常的沉溺。

想来法皇是为了与年轻的璋子公主交媾,需要经常服用枸杞了?

"能显得更年轻……"内侍自言自语着,不觉嘴角漾出笑意。

这东西对于法皇和璋子的情爱有何效用,作为女人,内侍无法想象。

当然,若因此使法皇得到满足,并强精健体,却是求之不得的。

对于典药寮的丹波出入宫中,内侍终于能够理解了,但还有其他让她不明所以的事。

例如，前几日法皇亲自问内侍要单衣①："有没有较为轻薄的单衣，找一件来。"

夏季快到了，想是法皇需要更换轻薄些的衣物吧。

内侍叮问："是套在袍②里面穿的单衣吗？"

法皇答道："不是我穿，是女子穿的。"

"女人穿的？"

见内侍不解，法皇坦言："给璋子穿的……"

一般贵族穿的衣裳，均由出入贵族宅邸的织部司承做。

而法皇亲自为璋子公主向内侍索要一件衣裳，是何缘故？

内侍正琢磨时，只听法皇道："要那种丝绸做的轻薄睡衣。"

内侍终于听明白了。

法皇似乎是想要将璋子公主夜晚穿的单衣换成更凉爽的薄薄的丝绸单衣。

一般的单衣已不易得到，更何况那种薄如蝉翼的丝绸单衣了。

难道说，法皇要凭借自己的权力，做出这样一件来给璋子公主穿着吗？

当然，一来有几位织部司的官吏经常出入皇宫，二来内侍谙熟其中门道。若命令他们"无论花费多少也不要紧，只需紧急为璋子公主做出一件合体的蝉翼般单衣来"，应该不是问题。

"你办事牢靠才交给你去办的。"

听到法皇如此说，内侍赶紧俯身叩首。

诚然，此类事情，法皇决不会随意托付于人的。唯有长年侍候在法皇身边，从上到下处处亨通的内侍才有此资格承办。

---

① 没有衬里的和服的总称。
② 日本古代宫廷贵族服饰的上衣。

换言之,内侍就是如此深受法皇信赖。

"遵命。做好后马上请陛下过目。"

"越快越好。"

京城的炎炎盛夏已近在眼前了。

这么说,法皇想要在那仲夏之夜,让璋子公主穿上这轻薄如纸的丝绸单衣歇息吗?

"真是穷尽奢靡,风雅至极啊。"内侍独自驰骋着想象,早已淡忘的情欲在内心躁动,竟不觉心旌摇曳起来。

文月,即七月七日,七夕之夜,于大炊殿庭园正中设立了祭坛"星之座"。

祭坛由四个木坛摆成,木坛上面供奉了瓜、梨、大豆角等山珍,蒸鲍鱼、加吉鱼等海味,以及空酒盅。

细看之下,这些祭品均为双份,分别供奉牛郎星和织女星。

此外,还供奉着为二星演奏乐曲听的古筝和琵琶,四周配以五彩丝绸、丝线,以及一瓶瓶秋七草①插花,增添缤纷色彩。

木坛旁边还摆放了一个巨大角盥,里面盛满了水,这是用于观赏倒映水中的星辰而置备的。

当夜,酉时②开始的七夕之宴上,首先由优秀歌人将写有歌颂七夕的和歌条幅供上祭坛,然后将与七夕有缘分的梶木叶系于庭园内各处。

前几日一直令人担忧的天气,今夜也慑于法皇之威,乾坤朗朗,皓

---

① 指秋天开花的具代表性的七种草花:胡枝子、芒、葛、石竹、败酱、佩兰、桔梗。
② 下午六时左右。

月当空,等候在天河两岸的牛郎星和织女星得以顺利相见。

随后,祭坛周围的九盏灯一齐点亮,由俯瞰庭园的钓殿上,叮叮咚咚地流淌出管弦丝竹之绕梁妙音。

当此七夕祭奠达到最高潮之际,众人开始朗声咏诵向二星奉献的和歌。

咏诵之后,前来参加祭奠的男女宾客皆相对而坐,两人中间相隔一条象征天河的白布,双方自比牛郎织女,相互唱和恋歌。

直到去年,法皇面对的女性一直是祇园女御,但从今年起,法皇指定了璋子,两人隔着白布天河深情对望。

当他们两人一出现在众嘉宾面前,顿时响起一片"啊……"的惊呼,分不清是欢呼还是叹息。管弦之乐也格外清亮起来。

站在钓殿一端,眺望此情此景的内侍不禁愕然。"哎哟,哎哟哟……"这可真是名副其实艳美绝伦的牛郎和织女登场啊。

不过,是否应该为这光景欣喜欢呼呢?

这不等于法皇在向众人宣告,他非常爱恋璋子公主了吗?

其实,即便不特意公布,今天所有出席者心里也都明镜似的。

尽管众人为他们祝福,但璋子公主的养母祇园女御,以及法皇曾经宠爱过的女人们一定备感伤心落寞。

"其中还有我……"内侍想到这儿,又坚决地摇了摇头,"我只不过是法皇的一时之欢罢了。"

正因如此,法皇才这么信任自己,全权委任自己的。

内侍从转瞬间的沉思中清醒过来,只见法皇和璋子公主隔着那条白布伸出手去,牵住对方的手,缓步走回殿上的御座。

此时此刻,旁人完全看不出,他们之间竟然有着巨大的年龄差距。

不知是由于服饰太过华美眩丽,还是夜色朦胧之故,唯有二人相亲相爱的景象深深烙印在众人的眼里。

待七夕之宴结束,大殿上的众人散去时,已过亥时①。

尔后,法皇去泡了个澡。这是事先准备好的,在靠近西配殿的浴桶里,已装满了热乎乎的洗澡水。

且不说大内,即便是一般御殿或贵族府邸里,也没有如此巨大的浴桶。法皇之威风由此也可窥见一斑。

浴桶长五尺二寸②,宽二尺五寸③,深一尺七寸④,以便让身材高大的法皇能舒展身体,舒坦地泡在里面。

七夕之夜,天气闷热,加上宾客众多,法皇早已是汗津津的了。在浴桶里洗去汗水,回到御座坐下后,法皇劈头问起璋子公主何在。

"启禀陛下,璋子公主正在回廊的浴桶里入浴。"内侍回话道。

御殿里除固定的浴桶外,会根据需要临时增加浴桶。

这种浴桶大多在回廊等处铺上打板⑤,上面放一架两腿的床子⑥,床子上一头放置洗头桶,另一头放一个小浴桶。宫女们将在釜殿⑦煮沸的热水用瓮端来倒入浴桶。璋子公主正坐在这样的浴桶里,由女房们伺候着泡澡。

"出浴后让她穿上那个。"法皇所说的就是前几天做好的丝绸单衣。

法皇的意思好像是,让璋子公主将单衣直接裹在出浴后的身上去

---

①晚十时左右。
②约一百五十八厘米。
③约七十六厘米。
④约五十二厘米。
⑤临时铺在地上的厚木板。
⑥可坐人的木台。
⑦宫廷或贵族府邸里烧开水的地方。

法皇的御殿。

可内侍担心,璋子公主是否愿意只穿这么一件薄得透明的单衣去御殿呢?即便有女房们在周围遮挡,毕竟有些难堪。

可是既然法皇发话了,就不能不执行。

内侍只好硬着头皮将单衣呈给刚刚出浴的璋子公主,果如内侍所料,璋子公主一看见单衣,立刻"啊……"了一声,说道:"光穿这个可不行。"

虽然璋子公主年轻,可只要是女人都会为难的。没办法,内侍只好在单衣外面给她套了一件薄薄的袿衣引领她去御殿。

内侍以为定会遭到法皇训斥,不料法皇见到璋子公主,马上关切地问:"今天累了吧?"招手让璋子公主坐到自己身边来。

刚才法皇明明吩咐"让她穿上那个"的,现在却若无其事似的,内侍对法皇这样变化无常惊讶不已。转念一想,也许只剩下他们两人时,璋子公主才只穿一件单衣吧。

举行七夕祭典时,他们应该已然酒足饭饱了。因此,法皇面前的朱漆御膳盘上只摆着鲍鱼和干海蜇丝、点心等几样。当璋子公主面前也摆上了这几样后,"喝点酒吧。"法皇说着,亲自拿起银酒壶给璋子的银质酒盅里倒酒。

随后,璋子公主也把盏为法皇斟了酒。两人双双举杯,四目脉脉含情,笑吟吟对视着。

见此情景,内侍觉得在旁伺候已属多余,便向他们深鞠一躬,心里默念着"请随意吧",退了下去。

他们小酌后,去里面的涂笼就寝,已是半个时辰以后了。

法皇喝醉时,一般是不会和璋子交媾的,只是亲昵一番便入睡。

但今晚尽管没有喝太多的酒,却泡了很长时间热水澡,因此法皇先一步进了帐幔,然后叫璋子进来。

"穿着单衣……"

璋子已按法皇之意脱去了袿衣,只穿着单衣,正要钻进被子里,被法皇一把搂住了。

"真滑溜啊。"这件单衣不愧是由最好的工匠做的,摸着手感极好,光滑细腻,加之璋了的肌肤犹如鸡蛋白一般细嫩透亮。

两人紧紧相拥接吻后,法皇将手从璋子的单衣领口伸进去,抚摸着她那刚刚出浴后的滑溜溜的后背。

对这爱抚的感触,璋子整个身子早已熟悉得不能再熟悉了。

等到这年轻的肉体开始发出喘息、慢慢升温后,法皇的手沿着她那纤细的腰肢朝浑圆的臀部伸去。

每当此时,法皇都不能不感受到璋子肌肤的美妙韵味,其奥妙就在于那清纯与淫荡共存。

她的肩头和胳膊很纤细,使劲搂抱仿佛都会折断,然而胸部却丰盈无比,从腰间到臀部看似骨感,皮肤却柔韧而富有弹性。

法皇一边抚摸着璋子滑溜溜的臀部,一边含住那丰盈胸脯上颤动的乳头,用舌头舔舐起来。璋子忍耐不住,发出了"啊……"的轻吟,挺起了上身。

此时,单衣即将从璋子肩头滑落,可法皇希望现在璋子还穿着它。

法皇将单衣领口收拢,继续爱抚,直到确认她的私密处已充分湿润,才以侧卧位贴上去。

几天前服用的枸杞子,关键时刻果然十分奏效。

尽管刚刚结束长时间的宴会,法皇的那个物件却比往日都要坚挺,它已悄然进入那早已充分滋润之所了。

云雨过后睡了多久,法皇也不十分清楚。

而且,今夜没有听到鸟儿交尾的动静。

但此时四下里寂静无声,可知离天明尚早。

最近,法皇一到这个时辰便会醒来。

而年轻的璋子仍然睡得香甜,连呼吸声仿佛都听不到。

法皇早已料到自己会这个时候醒来。

"还等什么,那个玩意该出场了。"法皇突然想起来似的,马上掀开被子,从御帐台边上取出了用黑布遮挡着的萤火虫灯笼。

一瞬间,灯笼里面的萤火虫受到惊吓,上下乱飞起来,闪烁着青色的光亮。

这灯笼是命内藏寮的手艺高超的竹编器工匠做的,做得可谓巧夺天工。

因法皇要求做成可以捧在手里的圆形灯笼,便遇到了几个难题。首先,该用多少根细竹弯成弧形?该怎样使之相互衔接,才能制成圆灯笼?还有,该如何在灯笼外面罩上一层薄纱般的白布,并使之固定呢?

灯笼最终完美地做了出来。法皇只要拎起灯笼中间的提手,便可随意移动它。

"做得真不错啊。"法皇再次感叹道。美中不足的只是亮度稍弱了一些。

虽说每只萤火虫都会发光,但只是瞬间发出光亮,即刻便黯淡下去了。

然而这幽幽青光正是法皇的最爱。

法皇拿着萤火虫灯笼重新钻进被子里,璋子依旧浑然不觉地熟睡着。

没有比年轻的身体更健康、更不设防的了。

但法皇还是说了句"请原谅"后,掀开了被子。

璋子微微侧身朝这边躺着,单衣前襟敞开着,胸部至乳房袒露无遗。

法皇刚想要照亮乳房,立刻改变了主意。

倘若现在璋子醒来,可就前功尽弃了。

最想看的是那个地方,还是先尽情赏玩那里之后,再回来不迟。

法皇对自己说着,将萤火虫灯笼向下面移动。

幸运的是,璋子身上只穿着一件薄薄的单衣,而且差不多已经敞开了。

法皇将其腹部以下掀开后,璋子下半身便全部裸露出来。随后,法皇将萤火虫灯笼拿了过来。

灯笼里面的萤火虫霎时间狂飞乱舞起来。

难道说连萤火虫看到美丽的女人肉体,都会如此兴奋吗?

随着它们直上直下地快速蹿飞,不停地发散出青幽的闪亮。

借着黯淡的打闪般的明灭,法皇的手徐徐接近了那里。

凹陷的腹部自左右两侧逐渐收拢成三角形,其交叉点上有一处淡淡的荫翳。

倘若马上触及那里,便少了几分乐趣。

此刻切不可性急。越是缓慢行事,才越添淫逸之趣。

法皇告诫着自己,继续伸手向前摸去,手指触到了那荫翳。

萤火之光已显得多余,那毛疏色浅、楚楚可怜之所在反而显得淫邪无比。

法皇用手指轻轻分开那荫翳,再往前深入便抵达了隐秘之所。

此处正是睡前刚刚包裹过自己的阳刚之物的所在。

现在借着黯淡幽光端详它,无论如何也想象不出是这般淫荡狐媚之所。

非但如此,它更像是一座栖息着妖魅的神殿。

"没想到啊……"法皇顿时产生了一股向它叩拜的欲求,让自己的脸更贴近了它一些。

在璋子这令人怜爱的纤巧肌体中,唯有此处还未沉睡。

它的最深处仿佛还残留着睡前做爱的余韵。

在幽暗的青光映照下,愕然凝视它时,法皇忽然想要用手去爱抚它。

虽然璋子醒着的时候,爱抚它肯定会湿润,但不知她睡着的时候会有怎样的反应?

同样是湿润,但女人究竟是因为喜欢的男人触摸才会湿润呢,还是无意识时也会湿润呢?

法皇借着黯淡的萤火虫之光,在少年般好奇心的驱使下,凝神观瞧时,产生了即刻就去抚摸它的冲动。

"可以吗……"法皇半是对着它,半是对着萤火虫灯笼问道。然后轻轻伸出手指,嵌入进去,上下游动起来。

此刻,看到这夜半更深时的淫亵行为的只有发出青光的萤火虫了。

随着中指不深不浅、轻柔舒缓的游移,法皇感觉自己的指尖渐渐浸润起来。与此同时,只听见璋子发出一声呼唤:"法皇……"

睡眠之中的璋子似乎不堪这惬意的抚弄,竟叫出自己的名字来。

真是太可爱了。法皇继续爱抚时,只见璋子轻轻将下身挺了起来。

刹那间,法皇停下了手,再次将萤火虫灯笼拿近,目睹已湿润的隐秘之所泛着幽幽青光,此时此刻,法皇再也控制不了自己,猛然匍匐在璋子胯下……

第四章　中宫之路

大纳言内侍听法皇亲口告诉她这件意想不到的事,是在翌年春天,法皇六十四岁、璋子十六岁的时候。

内侍突然被法皇叫到寝殿,说是有事要跟她谈。当她进入寝殿时,见法皇已经换好了衣服,穿着夏衣谷织袍①,头上戴着乌帽子。

平日,法皇在此处召见关白、大臣们商议诸多事宜,今天又是演的哪一出?

吾辈岂可贸然进入此处,内侍局促不安地俯首侍立,法皇忽然想起来似的问道:"皇上最近怎么样啊?"

内侍立即伏下身叩拜,支吾着不知如何作答。

"皇上"当然是指鸟羽天皇②。

突然被法皇问及这般高贵之人"最近怎么样?",自己如何回答是好?

"他今年好像十四岁了吧?"

---

①织眼透明的薄绢质地的夏季袍服。
②鸟羽天皇(1103—1156),日本第七十四代天皇。退位后历经崇德、近卫、后白河三代天皇,实行二十八年院政。

"是……"皇上应该是这个年龄,可法皇为什么问起这个来呢?

若是关于鸟羽天皇的情况,按常理应该去问在宫中侍候的女房们。

正当内侍惶惑不解时,法皇又问:"他身边有没有女人呢?"

"什么?"

"就是有没有喜欢的女人?"

此乃犯上之事,内侍更是想都不敢去想。

"十四岁的话,也到了该册立中宫的时候了。"

"……"

"你说呢?你不觉得吗?"

内侍终于开始明白法皇心里在考虑什么了。

不错,鸟羽天皇今年十四岁了。其父皇堀河天皇[①]在白河太上皇的院政下勤恳处理政务,被称为贤王。于九年前突然驾崩,他便继承了皇位。

堀河天皇是法皇的儿子,因此,当今的鸟羽天皇,从法皇角度来说,便是自己的孙子了。

这位鸟羽天皇的中宫人选,作为祖父的法皇表示关心也是合情合理的。

"我想让你了解一下有关皇上的情况。"

直到现在,内侍才完全明白了今天法皇叫自己来此处的目的。

在挑选鸟羽天皇的中宫之际,法皇当然不可能亲自去了解天皇身边的女人了。

法皇的意思是说,此类婆婆妈妈之事,只能向宫中的女房们打探,但是,需要你替我去查访。

[①]堀河天皇(1079—1107),日本第七十三代天皇。

"遵命。"

能够担此大任，绝非轻而易举之事。

这正是法皇对自己信任有加的明证。

内侍感动至极，热泪盈眶，赶紧用手遮挡着眼睛。只听法皇继续说道："这事我只对你说……"法皇顿了顿，自言自语似的轻声道，"我觉得璋子或许是个人选呢。你怎么看？"

"什么？"内侍怀疑自己听错了，不禁抬起头来，法皇像安慰她似的点了点头，然后问道："璋子和皇上不是蛮相配的吗？"

法皇到底在想什么呢？

竟然想把璋子公主嫁给鸟羽天皇？

法皇真是这么想的，还是说着玩的呢？

不行，必须先确认一下，刚刚法皇是不是这么说的。

"恕奴婢冒昧，"内侍又施了一礼，开口问道，"刚才陛下说，让璋子公主嫁给皇上……"

"是啊。你觉得怎么样？"内侍提心吊胆地抬起头，见法皇微微含笑地问道。

虽说法皇在问自己的意见，但作为臣子，怎敢对天皇家事说三道四。更何况事关天皇选后，更不好轻易表态了。

内侍不知所措地一味低头不语，法皇平静地说道："我看蛮合适的。"

"是。"内侍说完，慌忙又摇摇头。

自己应该没有听错，可璋子公主现在是法皇最心爱的女人啊。

从璋子公主五六岁开始，法皇就非常喜爱她。过了十三四岁的豆蔻之年，她瓜熟蒂落，出落成了一直受到法皇无比宠爱的女人，以致令所有人都深感困惑。

直到现在，法皇依然疯狂爱恋着璋子公主，这已是内侍和宫中的人都一清二楚之事。

法皇怎会忍痛割爱,让这般可爱的人儿嫁与天皇为后呢?

即便当今天皇是自己的孙儿,可璋子公主一旦进入后宫,就连见个面都不是那么容易的。

不对,见个面或许不成问题,倘若法皇说想要见她,可以请璋子公主过来,抑或法皇亲自去宫里看她也并非不可。

但是,从今往后两人单独幽会则是件难事了。尤其像迄今为止那样如胶似漆地缠绵床笫,恐怕是无论怎样遮掩都办不到的。

难道说,法皇明知会如此,还这么打算吗?

法皇不可能想不到这一层。虽说六十多岁了,却有着不让年轻大臣的明晰头脑的法皇陛下,不可能忽略这些问题的。

如此看来,法皇说不定还是在跟我说笑吧。

"恕奴婢直言。"内侍又鞠了一躬,问道,"陛下是不是在说笑……"

"你说我在说笑……"法皇轻吐柔声,将扇子遮挡着嘴,哈哈哈朗声大笑起来。

内侍望着法皇快乐无比的表情,呆若木鸡,张口结舌。法皇微微向前探出身子,对她说道:"我在跟你谈让璋子当皇后的事。我想让璋子入宫,怎么是说笑呢?"

话说得这么清楚,已经没有丝毫怀疑的余地了。

"可是……"内侍低垂着头暗忖。

纵然是当皇后,也意味着和法皇分离。难道璋子公主也知道这件事,并且心甘情愿吗?

作为臣子,自己有资格向法皇询问这些吗?内侍踟蹰着,怯声问道:"那么,对此事,璋子公主愿意吗?"

"当然,璋子已经同意了。"

一时间内侍觉得难以置信,忍不住抬起头来。法皇朝她点点头:

"有什么可大惊小怪的？璋子是去当皇后，又不是女御。她早晚要当中宫的！"

诚然，璋子公主嫁给鸟羽天皇，便成了正宫娘娘，获得中宫头衔只是时间的问题。

只是，璋子公主这样直上青云，是否能够稳坐皇后宝座呢？内侍内心闪过一丝担忧。这时，法皇慢悠悠地说："如此，你也心满意足了吧。"

"什么？"

这话是什么意思呢？璋子公主若能成为皇后，的确是可喜可庆之事，但自己岂敢有此非分之想，更何曾提过这样的请求呢？

听到法皇说出"你也心满意足了吧"这句话，内侍感到惶恐万分。

"请问陛下，奴婢请求过什么吗？"内侍实在按捺不住，急忙问道。

法皇平静地点了点头："你对我说过，女人仅仅得到男人的爱是不满足的，还希望能得到足可证明爱情深度的实实在在的名分或地位……"

"是的，是的……"内侍不由得退后一步，匍匐在地，头快要碰到地面了。

"我没记错吧？"

如此一说，确有其事。记得那是两年前的弥生时节，在此府邸里举行了曲水之宴后，因璋子迟迟不到，坐立不安的法皇走到寝殿前等候之时。

"怎么还不到。"见法皇这样喃喃自语，心情焦躁，于是自己对法皇说过："依奴婢猜测，恐怕公主在耍性子。"

"耍性子？"法皇不解，自己曾经这样回答："璋子公主恐怕是想要某种能证明法皇爱情的东西吧？"而且还说，"即足可向朝廷内外证明这一点的地位，璋子公主还没有。"

然后,自己还忍不住补充道:"衹园妃的称呼是女御。"原来,法皇把自己说的这些话都一一记在心里了。

而现在,法皇是为了成全璋子公主的愿望才决定让她成为天皇之后的吗?

皇后之位是这个国家里女性的最高地位,是女御等嫔妃所无法企及的。

这就是说,法皇要把这个位置送给璋子公主了?

不对,等一下,当时自己的确是说了作为女性,璋子公主也期望获得相应的地位,但是,绝对不曾奢求过皇后之位。

内侍只是希望璋子公主至少不低于更衣或局,若能当上女御就谢天谢地了。但并没有梦想过能够给予璋子公主皇后之位,这简直就是异想天开,非但如此,甚至连想都没敢想过……

内侍慌忙深施一礼,辩解道:"奴婢的确斗胆说过类似的话,但未敢奢望皇后之位,绝对不敢有如此妄念……我等身份低下之人……"

"我明白。"法皇的声音突然变得轻佻起来,与他的年龄极不相称,"你用不着这么在意。"不敢抬头的内侍感觉法皇说到这儿,好像点了一下头,"这件事是我自己的想法,是我想这么做的。"

"是……"内侍再次深深垂下了头。

法皇语气和缓地开导道:"总之,我决定办成这件事,你也要心里有数。"

说罢,法皇扶着凭几慢悠悠站起来,走进几帐里去了。

此番谈话之后,白河法皇决定要把最心爱的璋子送入宫中。这一年璋子十六岁,鸟羽天皇十四岁。

虽然成为皇后的璋子年长皇上两岁,但这种情况很多见,年龄上并非不相称。

加之鸟羽天皇身边没有特别亲近的女性,即便有,法皇亲自指定了皇后人选,皇上也只能接受。

重要的问题是,璋子公主并非止步于女御,而是以册封中宫为目标入宫的。

那个时代,女御在天皇后妃中位于更衣之上,却在正宫娘娘中宫之下。

既然法皇让璋子公主入宫,那当然是非中宫莫属了。

此举一方面证明了法皇对璋子公主的爱情,另一方面也不能不说是法皇对这一爱情的炫耀。

不过,入宫最大的难关还在于像璋子公主这样的大纳言出身的女性没有立后的先例。

尽管形式上璋子公主是法皇的养女,但实际上是权大纳言藤原公实的八个孩子中的末子,应该说身份并不高贵。

但法皇命心腹之人查阅资料,找到了大约一百年前,权大纳言藤原济时之女娍子公主立后——三条天皇的皇后的先例。

借此,法皇信心倍增,迅即以"虽属罕见,却无违惯例"为由,下旨立即着手璋子公主的立后事宜。

法皇正式决定让璋子公主入宫是永久五年(1117)十月十一日。

这一天,法皇将关白藤原忠实叫到大炊殿,正式向他宣布了让璋子公主入宫的旨意。

此前一天,十月十日,璋子公主和养母祇园女御一起开始了净身心、禁肉食的斋戒。

此斋戒自然是为璋子公主入宫做准备,事到如今,祇园女御对养女璋子公主不再怀有嫉妒的情感了。

虽然祇园女御曾一度因法皇置自己于不顾,专宠璋子公主而深怀不悦,但即便是养女,璋子公主的入宫对于祇园女御而言也是一件大喜事。

如若璋子公主能够顺利当上中宫,作为中宫的养母,会享受到以女御身份无法得到的荣耀与地位。

实际上,近来祇园女御已开始热心为璋子公主张罗了。

当然,听说璋子公主要入宫的消息而忙碌起来的,并非祇园女御一人。

一直以来,鸟羽天皇身边就有三个乳母,其中最贴身的一位主乳母光子是权大纳言藤原公实之妻,也是璋子公主的生母。另一位乳母实子是光子八个孩子中的长女,中纳言藤原经忠之妻,也是璋子公主的大姐。第三位弁乳母藤原悦子是光子的外甥显隆之妻。

像璋子兄妹这样从小不在一起生活的公家①子女,在当时是很平常的,但互相之间有着血脉相连的亲缘也给他们带来好运。

毋庸赘言,璋子公主入宫,对于这三位有血缘关系的乳母来说,乃是喜出望外、光宗耀祖之幸事。

她们自幼便知璋子美貌,对法皇宠幸璋子公主之事也略有所闻,但她们绝不会将此事告知鸟羽天皇知晓。

不仅如此,她们无不期盼这件喜庆之事能够一帆风顺,达成所愿。

在此意义上,虽说出乎意外,却是个极好的姻缘。

法皇为庆祝此吉祥之事,也为鸟羽天皇成就心愿,下旨在御仓町建造最胜寺。

紧接着,璋子公主之母,即鸟羽天皇乳母光子承接了新御愿寺佛

---

①王公大臣。

塔的建造,于这一年十月十九日,顺利举行了新塔供养仪式。

这期间,法皇和天皇的各项举措都配合得相当默契。

法皇对于璋子公主入宫的诸多事宜均亲自过问,接二连三地颁旨。

首先,为没有官阶的璋子公主设立家司①,任命杰出的公卿大臣出任掌管家政的职事。

其阵容如下:政所别当②由正四位下伊予③守藤原长实等出任。侍所别当,由从四位上权右中弁藤原伊通等七人出任。政所在掌管所有家政的同时,还担当与外部沟通协调之职,在别当下面设有处理具体事务的下家司。

侍所的职责是掌管家政内部事务的部门,其下设有勾当④、所司⑤、御厩司⑥等,以及监督进物所⑦、纳殿⑧、赘殿⑨,管理女房们的事务等等。

璋子公主身边的女房,理所当然应重新挑选一批出身名门、才色兼备的女子来担任。

此外,如若璋子公主当上中宫,最好还是有她自己的娘家。

璋子公主以前是和祇园女御住在一起的,但近年来,在法皇的关照下,她经常住在二条富小路殿。

当婚期定下来后,法皇便立刻命播磨守藤原基隆献出三条大路北

---

① 掌管王公贵族家务的官职。
② 此处"别当"与前文出现的含义不同,指皇家的家司职称,政所的长官,首席执事。
③ 日本旧国名,现在的爱媛县。
④ 下属于政所,掌管寺院事务的官吏。
⑤ 下属于政所的护卫长。
⑥ 管理御用马匹的地方。
⑦ 各地进贡的物品收纳处。
⑧ 贵族府邸里储藏物品的地方。
⑨ 各地进贡的食品类收纳处。

的三条西殿府邸,着手进行翻修扩建。

此事记载于《中右记》①里:

> 近日突然建造四足门,原为基隆朝臣之宅。此间,进献于上皇。依章法建成一町之宅。

永久五年十二月一日未时②,法皇于御所白河殿召集关白藤原忠实等人,就璋子公主入宫日程,进行最后一次殿上确认。

所商定的内容归纳为《藤原朝臣璋子入内定文》,由白河法皇转给鸟羽天皇。

《定文》里确定并记录了"始御书日"③"后朝使日"④"供饼日"⑤"露显"⑥等日程。

璋子公主入宫时日由此确定了下来。左大臣源俊房下达命令,将《定文》传达给各个所司去执行。

由即日起,璋子公主被封为从三位。

按照当时惯例,贵族家的小姐成人后第一次系裳裙时,要行"着裳之仪",但对于年龄并无特别限定,只要婚礼之前举行即可。

举行这一仪式时,要邀请身份高贵的亲属或德高望重者担任系引腰⑦及盘发髻。

---

① 权中纳言藤原宗忠的日记。
② 下午二时左右。
③ 天皇给入宫后妃写第一封情书的仪式。
④ 天皇与后妃合衾后,翌日早晨,天皇给后妃写情书的仪式。
⑤ 供奉圆形年糕,祈祷安康的仪式。
⑥ 日女方(后妃)的娘家举办的婚宴。
⑦ 即系上腰结。

因璋子公主尚未着裳,法皇命入宫当天,由皇后令子内亲王为璋子公主系裳裙的引腰。

这位内亲王是法皇的女儿,但因未曾婚配,而且是鸟羽天皇的准母后,所以尊称为皇后。

十二月十二日,令子内亲王驾临白河殿便是为了此事。

翌日十三日,首先由藏人少将藤原忠宗作为书信使,奉持天皇写于彩绘色纸上的情书,由大内来到白河殿。婚礼由此正式开始。

此时,齐聚于白河殿里的大纳言藤原经实、中纳言源显通等人已开始交杯换盏,预祝婚仪。

天黑之后,璋子公主前往白河殿东御堂的泉御所,由皇后令子内亲王给璋子公主已系好的裳裙系上引腰,着裳仪式到此顺利结束。

之后,参加婚庆典礼的王公大臣和殿上人等皆拜领了赏赐,皇后令子内亲王得到的是镶银字帖。

平安时代,按照惯例,入宫、聘婿、迁居等诸般活动均于夜间举行。

璋子公主入宫之日,白河法皇早早迁幸至木工权头藤原季实的正亲町府邸。

此府邸位于土御门大路北、乌丸小路东边,鸟羽天皇居住的土御门皇宫斜对面。

正值后妃入宫之日,法皇迁居至皇宫对面的近臣府邸,实属罕见之事,前所未有。但作为法皇,似乎期望尽可能住在靠近皇宫的地方,以便能够亲眼看到璋子公主入宫的全过程。

戌时①过后,璋子公主乘坐的唐车②及女房车一行到达土御门,藏

---

①下午八时左右。
②也称唐厢车。皇家乘坐的有着唐式屋顶装饰的大型豪华牛车。

人头即刻向天皇禀报。

接到禀报,勾当内侍奉天皇之命前来传旨,请璋子公主前往夜御殿,并将他带来的礼物赏赐给璋子公主的女房们。

依照当时习俗,初夜之时,须由新娘双亲见证新枕,为女婿执沓①,为新婚夫妻盖被。

由于璋子妃的父亲是法皇,母亲是祇园女御,所以,尽管是名义上的,请他们二位履行此事,实在不成体统。因此,法皇事先命宠臣权大纳言藤原宗通及其夫人代劳。

夜阑更深之后,皇上先行进入即将共度春宵的夜御殿后,执沓的宗通将天皇穿的织锦木屐拿走。

随后璋子公主进入夜御殿,宗通夫妻又成为"衾役",为他们两人盖上被子后,退至隔壁房间。

这套仪式将从十二月十四日,持续到十五、十六日,此间,璋子公主将每日去夜御殿侍寝。

十四日晚,左大臣、右大臣、内大臣以及公卿们齐聚璋子公主的御殿,举行了三献②酒宴。

接下来的十五、十六日,璋子公主也去了夜御殿。十七日是忌日,天皇亲自前往璋子公主等候宣召的承香殿③。

皇上驾临之前,先由头中将藤原宗浦,作为后朝使向璋子公主呈上了天皇御书,接受了璋子公主所赐喜酒及赏赐。

宗浦拜领了璋子公主的回信后,将信呈交皇上。

---

① 日本古代习俗。新婚之夜,由新娘父亲把女婿的鞋拿走的仪式。
② 日本中世以后的酒宴礼法之一。先上附以简单下酒菜和汤的菜肴,再三次献上大、中、小杯酒各一杯,并调换菜肴三次。
③ 平安御所内后宫七殿之一,位于仁寿殿以北,常宁殿以南,是天皇所宠爱之女御的住所。

之后，皇上身着曳地直衣，足蹬草履，朝璋子公主所在的承香殿走去。

走在皇上前面的是奉持昼御座剑的左近中将源雅定，紧跟在皇上身后的是右大臣源雅实、大纳言藤原经定、权大纳言藤原宗通、藤原仲实等人。进入璋子公主寝殿的御所后，皇上只停留了片刻便还驾常御殿，召见头弁藤原显隆，命他向右大臣源雅实传达，宣布册立璋子公主为女御的圣旨。

大纳言藤原家忠向新女御宣读了圣旨后，凡姓藤原的大臣一齐在弓场殿拜舞，向皇上谢恩。

尔后，装满赏赐品的唐箱被抬至殿上的房间里，四位、五位的京官，六位的藏人赐衣物，内乳母、典侍①至下级女房，以及所有在大内任职的女房们皆拜领了赏赐。

在亲族拜舞之后，关白忠实拜见了新女御。之后，璋子女御由土御门皇宫退出，前往正亲町府邸，拜见移居于此的法皇。

忠实这一时期的日记里记载有：

> 顺利册封女御，院（法皇）龙颜大悦。

到十七日为止，入宫的所有仪式均告结束，璋子女御已全部履行了《入内定文》的程序。

孰料，此后璋子女御的行为出现了异常。

入宫仪式结束之后的翌日，即十八日起，璋子女御称病闭门不出，不去夜御殿伴驾了。

---

①内侍司的次官。从四位。

众人推测因数日来婚典烦琐、劳累过度所致,但内侍偶然听说了一个意外的传闻。

据说从十四日的第一夜开始,璋子女御就一直拒绝与皇上合衾。何以至此呢?更为要紧的是,这传闻出自何处?

内侍实在无法相信,但这传闻似乎是出自皇上身边的侍从。

其实,此事在宫中部分人中已经传开了。日后,藤原忠实曾在日记中记载:

> 新女御于入宫之日开始患病,呻吟不已,痛苦万状。初入宫闱,实堪怜惜。盖不可思议之事甚多。

当然,内侍知道得并非如此详细,只是对与璋子女御相关的传闻十分关注。

内侍犹豫了一番,便决定向见过一面的璋子女御的女房若狭乳母打探。

乳母很爽快地告诉她,十三日自不必说,十四日至十八日连续五天,璋子女御均以身体不适为由,拒绝与皇上同寝。

"太出乎意料了,怎么可能……"内侍重新思索起璋子女御和皇上的关系来。

鸟羽天皇十五岁,璋子女御十七岁,新娘年长两岁,年龄应该不会成为问题。

从两人的性经验来看,皇上是否接近过女人不得而知,但璋子女御充分享受过法皇的爱抚,并已习以为常则是千真万确的。

因此,璋子女御绝无可能担忧或惧怕初夜的房事。

"不会因为这个的……"越琢磨,内侍脑子里的异样不安越是如乱云般扩散开来。

或许璋子女御一看到身边的皇上,就会清晰地想起法皇,结果无论怎么努力也不能够接受皇上的爱吧。

而对性一无所知的皇上,越是全身心地想要得到璋子女御,越会增加她的厌恶感,最终被她以身体不适为由拒绝了。

很不幸,确实让这位内侍给猜中了。

内侍怀着忐忑的心情,向若狭乳母打探时,乳母缓缓点了点头:"的确是这样。"

"这是璋子女御说的……"

"是的。女御觉得特别不舒服,身体僵硬,根本没有心情。"

真这么难以忍受吗?内侍不禁心疼起璋子女御来。

"也有人说,璋子女御可能是感冒了。"

"璋子女御的确有点发烧……不过,对皇上还是太失礼了。后来也一直不去夜御殿……"

简直太任性了,不,应该说璋子女御太可怜了吧。

内侍越想越心神不安起来,觉得此事应立刻向法皇禀告才是。

事实上,这也是事关皇上和皇后之间感情的大事。

若日后因此缘故导致两人不睦,那么,即便断言是天下之凶事、天下之大事亦不为过。

内侍打定主意,待法皇用完晚餐后,找个合适时机,走到法皇近前。

"奴婢有一事,想冒昧请教陛下……"

"真是稀罕哪,你会有事问我。"晚饭时,略饮薄酒的法皇轻轻颔首。

"不知这样问是否失礼,是关于璋子女御的事。"

"噢……"一听是关于璋子的事,法皇的表情温柔下来。

"是这样,最近奴婢从某处听到一些传闻。"

下面的话,委实难以出口,内侍正犯愁时,法皇催促道:"什么传闻……"

内侍只好横下一条心,一口气说了出来:"据说璋子女御因身子不爽,从初夜开始,翌日、翌翌日,都一直未与皇上合衾,现在仍在御殿里闭门不出。"

内侍惶恐不已,担心这番话会冒犯天颜,法皇却悠然地问道:"那又怎么了?"

"奴婢以为,陛下尚不知晓……"

"我知道。"

"啊……"内侍不禁后退一步,俯身下拜。

原本禀报此类流言蜚语,就令人畏葸无比,谁料法皇不仅坦言知道此事,而且全然不当回事。

法皇怎会这般宽宏大度,或者说是气定神闲呢?

值此一刻千金的春宵,璋子女御竟孤零零独自在御殿过夜,难道法皇不担心吗?

况且,万一璋子女御真的身体不适,这样不闻不问的合适吗?

"那么,璋子女御的身体?"

"大概是赶上月信了吧。"

"啊?"内侍不由得抬起头,反思起刚才法皇的话外音来。

月信,自然是指每月一次的月经。法皇的意思是说,现在璋子女御正好处在月信期间吗?

可是,法皇怎么会知道得这么清楚呢?

再说,法皇既然知道,为何还把婚期定在这一期间呢?如果璋子女御月信很规律的话,推迟十天半个月也不是不可能的。

"那么,璋子女御很不好过吧……"内侍不禁同情起璋子女御来。

"这事我只告诉你。"法皇轻轻对内侍说道,然后提高了声调,"这样她就不会怀孕了吧?"

这到底是怎么回事?

莫非是自己听错了?内侍不安起来,可是法皇刚才真真切切这么说的。

"这样她就不会怀孕了吧?"法皇此话该如何理解呢?听起来不就是期望璋子女御不怀孕吗?

璋子女御刚刚如愿以偿入了宫,虽说她年长皇上两岁,却正式当上了鸟羽天皇的后妃。

不用说,璋子女御对封后并无任何不满。生母光子自不待言,养母祇园女御以及侍候璋子女御的所有下人都欢喜非常,激动万分。

就连法皇自己也为能够让最心爱的璋子坐到这世上女性最高的位置上,而备感满足与欣慰。

接下来只盼着璋子女御早日怀上龙种,平安生产了。

如果璋子女御为天皇产下龙子,将成为地位不可撼动的后妃。倘若此子能够继承皇位,璋子女御便成为吾国之母可母仪天下了。

当然,这也是法皇之所望,若法皇鼎力相助,也并非不可能之事。

法皇虽已六十五岁,仍精神矍铄,大权在握,威风八面。若得享高寿的话,即便让孙子之子——曾孙坐上皇位,亦非异想天开。

总之,现在璋子女御若能怀孕,不仅地位更加显赫,还可以享尽富贵荣华,可是,法皇却希望她"不要怀上",究竟是何寓意呢?

无论怎样揣摩,内侍仍无法弄明白法皇的真实内心。可此事确乎不比寻常,不容漠视,必须弄个明白才是。

"恕奴婢失礼……"内侍决心已定,向法皇施了一礼,开口道,"刚才,陛下说不希望璋子女御怀上,这是法皇陛下的意思……"

内侍踌躇着,不知这样探问是否妥当。法皇却爽快地点点头:"是啊。有何不妥?"

被法皇这么一诘问,内侍反倒不知如何作答了。如此非同小可之事,法皇却理所当然似的反问自己,内侍竟一时语塞了。

不论怎样,倘若这是法皇的本意,再问下去也没有意义。

"这样啊……"内侍嗫嚅着俯身沉默不语。过了片刻,法皇说:"过几天,璋子要参加正月庆贺以及立后大典等等,考虑到这一层,以无负担之身参加岂不更舒服些?"

诚如法皇所言,不日将举行立后大典。内侍虽未曾亲眼看见过,但听说自古传下来的一整套宫廷礼仪繁缛铺张,场面盛大无比,甚是耗费精力。

作为主角的璋子女御当然以轻松之体参加为上,即便如此,似乎也不必刻意避免怀孕。因为即便万一怀上,也不会立即出现妊娠反应,更不会因此而影响璋子女御参加立后大典。

非但不会影响,若值此立后之时,皇上得知璋子女御有喜,定会龙颜大悦,喜上加喜的。

谁料想,法皇竟然不希望璋子女御怀孕。内侍仍不甚了了,可既然法皇说了"这样为好",也就只能如此了。

依然难以释怀、疑窦重重的内侍,无可奈何地从法皇御前退了下去。

第五章　夜半梦呓

不久，岁月更新。此时，璋子女御作为天皇唯一的女御居于无可动摇的地位。

元旦之日，关白藤原忠实、内大臣藤原忠通以及公卿大臣无不争先恐后前来朝贺新女御。

正月十四日，璋子女御接到了立后宣旨。

入夜时分，头中将藤原宗浦作为敕使，前往大内的承香殿东厢，端坐于榻榻米上的坐垫之上，向首席女房宣读了立后圣旨。

接旨后，大纳言藤原经实向宗浦赐予女房服饰作为谢礼。宗浦起身退至庭园内，二拜后离去。

然后，璋子女御由大内返回里第三条西殿，开始为立后做准备。大礼由此拉开序幕。

对于璋子女御而言，则是期盼已久的回娘家。

只是，璋子女御并非单纯回到自己的御殿。

当天清晨，法皇从正亲町府邸起驾，移居三条西殿，等候璋子女御从宫中回来。

过不几日，正月二十日夜，璋子女御按惯例，接到了"手车宣旨"①。此时,白河法皇的御驾唐厢车抵达承香殿北面,来迎接璋子女御。

女御于此处乘上唐厢车,由皇宫北门出来。等候在此的衣着华美的女房们分乘数车,紧随其后沿土御门大路向东而去。

法皇身边的殿上人和诸大夫举着松明,在唐厢车前面开路。

豪华车队浩浩荡荡由东洞院大路向南拐,行至与三条大路的交叉路口往右去,便到达三条乌丸路口。

璋子女御乘坐的唐厢车由此路口穿过三条西殿东边的四足门和东中门,进入南庭,停靠在寝殿阶隐②中央的簧子③前面。

璋子女御下车后前往西配殿,女房们由北侧进入西配殿。已聚集在三条西殿的公卿和殿上人们在东侍廊④就座,飨宴开始。

飨宴结束后,侍奉法皇的公卿奉法皇旨意,拟定《立后定文》,由权中纳言源能俊将其缮写清楚,呈交法皇裁决。

《立后定文》上面规定,六天后,三大臣之中的右大臣源雅实任典礼司仪等程序。

待一应决议商定之后,公卿们退去时,已是夜阑更深的子夜时分了。

璋子女御谒见白河法皇是在子夜过后的翌日,即二十一日的拂晓。这是自去年十二月十三日璋子女御入宫以来,时隔三十七天的久别重逢。

所有事宜裁定之后,白河法皇进入寝殿的涂笼里时,璋子早已穿

---

①允许乘辇至宫门的宣旨。
②遮挡殿堂阶梯的屋檐。
③殿堂檐下铺有木板的外廊。
④侍廊是位于中路北侧的通道,家司们等候差遣以及接待官位低者出入或接待之所。

着一件白色单衣候在床上了。

穿此单衣既是遵照法皇的吩咐,也是璋子自己的意愿。

法皇见璋子已等候在床,便将乌帽子和指贯①等一股脑弃置一边,飞身上床,一把搂住了璋子。

"璋子……"

"法皇陛下……"

两人没再说话,只是紧紧拥抱着对方。

不知过了多久,法皇轻轻舒了一口气,稍微放松了一些。璋子也得以喘了口气,紧接着两人又不约而同地相拥在了一起。

如此反复多次后,法皇用低沉而清晰的声音倾诉道:"真想你啊……"

"我也是……"璋子低语。

这无疑是双方毫无矫饰的真情实话。

用语言确认了互相思念若渴后,法皇才发觉压抑已久的情欲已无法遏制了。

法皇一口气剥去了璋子已然快要滑落的单衣,使她全身裸露了出来,将脸贴近璋子,嗅遍、吻遍她的全身后用力点了点头,仿佛终于确认了是璋子本人似的,然后一鼓作气地沉入璋子的肉体中去了。

法皇的动作犹如年轻人一般狂野激烈,转眼之间便喊叫着"可以吗",璋子则紧紧缠绕上去,应声道"快点!"。

一瞬间,法皇发出一声野兽般声嘶力竭的吼叫,尽情释放了出来。与此同时,璋子也燃烧到了沸点,激情澎湃。

这正是一再压抑了三十七天的情爱之火山爆发!

---

①日本古代宫廷男性服饰。穿着直衣等服装时下半身穿的裙裤,裤口有带子,穿着时系紧。

不知过了多长时间,也不知什么使然,两人的意识犹如出现了一段真空,又愕然梦醒一般,同时贴近了对方,紧紧相拥。

刚才两人确实完全融为了一体。当然迄今为止,这样的瞬间已有过无数次,却从未如此激情燃烧、如此酣畅淋漓。

法皇感到万分满足,心里踏实下来,呢喃着:"太棒了。"

"是啊……"

"我早就盼着今天了。"

"我也是……"

此时,法皇才刚刚意识到似的,给全裸的璋子盖上单衣,自己也拽过单衣盖上,然后又紧紧搂在一起。

这样相互感受着对方的体温,法皇轻柔地说:"你在我这里好好休息一下后,再回去吧。"

璋子点了点头,突然想起了什么,轻轻道:"可是,我有点担心。"

"担心什么?"

"今天晚上来这里,我怕被人知道。"

"不用挂虑。"法皇当即摇了摇头。

"可是,女房们……"

"我这里的女房都明理,知道了也不要紧。有我呢。"

听到这话,璋子似乎安心了,刚闭上眼睛,法皇就问:"皇上怎么样?"

"啊?"突然被问及自己的夫君,璋子略显惶惑。

"对你温柔吗?"

"是的……"

"他身边没有别的女人吗?"

"是的,好像没有。"

法皇微微点点头,随口问道:"那么,那个事呢?"

璋子似乎早已预料到了,在法皇怀里慢慢摇摇头。

"你拒绝了？"

"我以月信期间身子不洁为理由……"

"他能够体谅吗？"

"刚入宫的时候，我是这样……"

璋子刚刚入宫时，的确正好是月信期间，所以没有合衾也是理所当然。可是，那之后还有半个多月的时间呢。

"那么，接下来那段时间呢？"

"我对皇上说，还不能确定是不是彻底干净了，请包涵一段时日……"

"他对女人一无所知吗？"

"好像是的。"

这么问话时，法皇的情欲又被勾了起来，他摩挲着璋子光滑的后背，问道："不过，他还是想要你吧？"

"是……"

"你怎么办呢？"

半晌没有听到璋子回答，法皇想要瞧瞧她的脸，璋子轻轻避开法皇的视线，说道："按照法皇嘱咐，用手……"

"如此说来你为他做了？"

璋子轻轻点点头，瀑布般的黑发遮挡着她的脸。

"他高兴吗？"

"很高兴……"

"原来如此啊。你果然照我的吩咐做了呀。"法皇不由提高了声调，"可是，他更想要你了吧？"

"没有，我拒绝了。"

"你是怎么说的……"

"我说，请等到立后仪式以后吧。"

"哦。"法皇钦佩地用力点点头，"那么，他便同意了？"

璋子沉吟片刻答道："不太清楚,不过,没有再纠缠我……"话没有说完,璋子便拼命摇着脑袋,一头撞进法皇的怀里,一个劲儿嚷着,"我不愿意,真的不愿意!"

因璋子力量过猛,撞得法皇向后一仰。法皇又一次紧紧抱住了璋子。

璋子依偎在法皇怀中,语气坚决地轻声说:"除了法皇,别人都不行。"

这表白实在太可爱了。她竟然说,除了自己以外,对其他男人怎么也提不起兴趣。当然了,她受到自己无与伦比的宠爱,这样感觉也在情理之中。

可是,那个男人不是别人,而是当今皇上。虽说是自己的孙儿,却是居于最高权位的天皇。嫁给天皇,是为了获得作为女人至高无上的荣耀,这一点,璋子应该是心中有数的。

事到如今,璋子却说出不愿意接纳皇上的话来,真是件麻烦事。璋子应该比谁都明白自己应该怎么做。

法皇对着璋子漂亮的耳郭说道:"你明白咱们的那个约定吧。"

此约定是:即便你嫁给了天皇,第一个孩子也希望为我生。这是法皇对璋子诉说过很多遍的愿望。

"拜托了,这是我此生唯一的愿望。"法皇猛然坐起身,双手撑在床上,向璋子深深低下头来。

"法皇陛下……"璋子慌了神,将法皇拉近自己,"陛下千万不要这样。我都明白。"

两人再度天崩地陷般倒在床上,相互感受着对方温暖的怀抱,法皇喃喃道:"我相信你。"

"陛下放心吧。"

"今夜,要是能够种下就好了……"法皇伸出手去,缓慢地上下抚摸着璋子的腹部,问道,"你也希望这样吧。"

璋子轻柔地点点头。

"要是能够怀上,此子便是下一任天皇。"法皇抚摸着璋子的小腹,凝望着幽暗的空中,"我一定要让他登上皇位。"

仿佛被法皇坚决的话语牵引着,璋子抱紧了法皇,对着埋在自己胸前的璋子的黑发,法皇说道:"那么,你就成为国母了。"

"……"

"对吧?"

璋子将额头抵在法皇胸口上,代替了回答。

"要是能如愿,就万万岁了。"

"是啊。"

"寡人再没有任何遗憾了。"法皇说完用力搂紧了璋子,璋子也紧紧依偎着法皇,两人再一次坠入至福之中……

一月二十六日,是璋子女御正式成为天皇之后的立后之日,可一大早天空就布满阴霾。

午后未时①,关白藤原忠实由皇宫西面的宜秋门入宫,在天皇御前,由藏人左少弁藤原实光传旨,命右大臣源雅实拟出立女御从三位藤原璋子为中宫的宣命。

右大臣接旨后,命大内文章博士藤原永实起草宣命。

草案早已事先拟定,永实将草案装入匣内,呈交关白藤原忠实,关白奏闻天皇之后,交予内记②,命其将草案缮写清楚。

此后,右大臣源雅实召见大外记外③中原师远,询问大典准备情况,命令典礼开始。

---

①下午二时左右。
②担任起草敕命,记录宫中事宜的官吏。
③记为太政官的主典的一种,掌管起草诏书、奏章,以及各种宫廷礼仪的官吏。分为大外记和少外记。

仪式开始不久，下起了小雨。经过磋商，将立后仪式改行雨天方案，即依照雨仪施行。将排列在南庭紫宸殿阶下的仪仗队分列于东西回廊里。

典礼按开门仪式与宣制仪式的顺序正式开始举行。

首先，由大纳言藤原家忠以及执政们作为在承明门外举行仪式的外弁[①]，在位于紫宸殿南面的承明门东西回廊就座，一般大臣候于承明门外。其间，将表示左近卫将监藤原为胜宣读宣命时站位的木箱放置于紫宸殿东边的宜阳殿的高台上。

此时，关白忠实率领众内侍前往紫宸殿，于东簀子下站立等候。

紧接着，右大臣源雅实手持宣命，行至宜阳殿的公卿座入座。然后，女官打开承明门扉，候在承明门外的大臣中五位以上者进入承明门内，排列于回廊内侧。

接到外记禀报诸司命官到齐后，外弁们前往宜阳殿，排列于连接紫宸殿和宜阳殿的轩廊[②]北侧。

在承明门内执掌典礼司仪权的内弁[③]，右大臣源雅实，唤被指定为宣命使的中纳言藤原忠教至近前，将宣命交与他。

忠教手持宣命返回轩廊。右大臣源雅实也从宜阳殿上下来行至轩廊，向宣命使施了一礼，立于外弁之列的最前面。

然后，宣命使忠教由轩廊登上宜阳殿的高台，将笏[④]插进腰带，展开宣命，朗读前文后，群臣一齐发出悠长的颂赞声，朝宣命使垂首致意。

---

①在承明门指挥诸项事宜的第二位公卿。参见"内弁"注释。
②特指紫宸殿南庭的回廊。
③皇宫内举行典礼时，于承明门内执掌典礼司仪的首席公卿。
④笏是公卿持在右手中的细长的板，原初以正威严之用。举行仪式等时候把相关的备忘录写在笏纸上，贴在笏的里侧。

宣命使继续宣读册立藤原璋子为皇后的宣命正文。群臣听罢又发出了一片颂赞之声，再次揖拜。

宣读之后，宣命使走下殿来，返回轩廊。随后右大臣以及公卿们退出典礼会场，立后大典到此结束。

立后典礼是在里内裏①的土御门殿举行的，而不是在大内。

位于土御门大路南、乌丸小路西的这一町见方的府邸，原先是属于源师时的。

这座古旧建筑被重新翻建成里内裏后，鸟羽天皇迁居于此，是在璋子女御临入宫之前的永久五年（1117）十一月十日。

但是，上述一系列立后典礼，鸟羽天皇均未出席。

到了此朝前后，天皇并非必须出席立后盛典了。

对于天皇而言，比出席盛典更为重要的事情，是在立后之后，于清凉殿的昼御座裁决关白所奏的皇后宫职的人选。

天皇在清凉殿召见关白忠实、右大臣源雅实，裁定了关白所奏的官职名单。

钦命的侍奉璋子皇后的中宫官职，仅大夫正二位藤原宗通，以及权大夫、亮、大进、大属等高阶位官职②就达十个之多，均由法皇的近臣及璋子皇后姻亲占据，且几乎由藤原氏独占。

这些人事任命均由法皇亲自裁定，可知法皇是多么细致周章地过问璋子女御身边的官职人选。

上述中宫的官职选定之后，公卿们由土御门皇宫退出，分乘牛车

---

① 于平安京大内之外临时建造的皇宫。
② 日本古代宫廷高级官吏分四等，大夫、亮、大进、大属依次分别属于四个等级。

前往成为新中宫的璋子皇后的三条西殿,排列于前庭,朝中宫端坐在里面的寝殿行拜见之礼。

此时已夜幕降临,雨霁天晴。

庆贺拜礼结束后,中宫的女房们排列于寝殿的东厢,将萌黄色的袿衣袖从御帘下面露出,这艳丽色泽辉映着朦胧跃动的篝火和烛光,格外色彩斑斓。

众人在此处品尝了肉馅的蒸馄饨、汤汁、芋头粥、点心等之后,交杯换盏,饮酒庆贺。

宴后,公卿们移至东配殿与寝殿连接的回廊和寝殿的南簀子,在此观赏管弦雅乐。

参加演出的以下各位乐师,皆属精通于此道的流芳百世的名人。

他们是吹笛的藤原忠教、弹琵琶的藤原信通、弹古筝的藤原宗辅、吹笙的源雅定、抚和琴的藤原伊通、打拍子的藤原宗忠、吟咏付歌①的藤原宗能、源有贤等公卿。

在此席上,他们演奏了催马乐②《安名尊》《席田》《伊势海》,雅乐③《鸟破》等,最后,演奏了数遍《万岁乐》和《三台盐急》。

这一天是正月二十六日,相当于阳历二月二十五日,正值数九寒天,但乐师们丝毫不惧严寒,热情洋溢地演奏着悠扬婉转的乐曲。

伴随着悦耳的天籁之音,右大臣源雅实以及众公卿和高阶位侍

---

①随着管弦乐吟唱的和歌。

②催马乐属于雅乐的歌谣。原为平安时代农民在运送地租粮入京时,乘于马上唱出的风俗歌,后来逐渐演变成了宫中贵族享乐用的歌曲。在笙、筚篥、龙笛、琵琶、筝、笏拍子的伴奏下演唱。

③日本的雅乐是融合了唐乐、高丽乐的一种极具民族特色的传统艺术。原为祭祀宗庙之乐,自大宝元年(701)设立雅乐寮后,雅乐便成了正式的宫廷艺术。雅乐分为管弦、舞乐、歌谣三种演奏形态。

从,得到了中宫授予的赏赐。所有曲目演奏完毕,飨宴也宣告结束。

直到此时,中宫璋子的心情一刻也没有平静过。

宴会之后的亥时①,右近卫中将源师实作为敕使,到达三条西殿,中宫亮藤原显隆将敕使迎接到回廊。

敕使是前来正式宣布璋子女御册立为皇后的,称作"册命敕使"。

与敕使前后脚,由里内裹派来的御调度使也率领一行车马到达御殿。

执掌中宫之职的贵族们将调度日常生活用具。接应下来,运入寝殿。

这些调度有镶嵌了螺钿的紫檀御椅、点缀着金银粉的描金大床子②、显示天皇皇后威仪的狮子和狛犬的踞像,以及皇后穿的木沓一双等等。

所有调度放置完毕,采女③们送来御膳,六名女藏人④在母屋前的下长押⑤接过御膳,放在大床子上。

尔后,中宫璋子从御帐台出来,落座于大床子前,象征性地拿起筷子进了屯食⑥后,又进了御帐台。

女藏人们撤下御膳后,又在大床子上摆上了晚膳和洗手盥。中宫再次从御帐台出来,象征性地进餐后,洗净双手。

然后中宫宣旨,任命御匣殿、内侍人选以及中宫侍所的别当以下的侍从。

---

①晚十时左右。
②皇室使用的座台。
③低级女官。
④低级女官。
⑤连接柱子与柱子之间的横梁,分上中下等。
⑥类似饭团的食物。

当仪式以寝殿为中心进行时,在寝殿外面,布置了护卫中宫的卫士的阵屋[①],左近卫府、右近卫府等六卫府的次官们被召集来,受命启动护卫之阵。

同时,神祇官举行向建筑物守护神祈祷消灾祛病的大殿祭典,修理职于东中门旁设置显示时间的时柱和御膳棚。

烦琐而多彩的仪式令人目不暇接,这些仪式终于告一段落时已是二十七日的拂晓了。

立后当日,依从历来中宫服饰之规范,中宫璋子身着白色织锦唐衣,腰系白色绫罗裳裙,一身素雅装束。

中宫的发式也是规定好的,而大内女房——典侍们为中宫盘发也是自古以来的规矩。

所有礼仪结束之后,璋子皇后虽然年轻,也已疲惫不堪。大礼进行期间,法皇自始至终以三条西殿的涂笼为御座,仔细关注着典礼的进行,随时暗中发布指示。

虽说是璋子皇后的养父,但已退位的法皇如此介入典礼的进行,只能说是异常之举。

但法皇所为正体现了对璋子的爱。当然,璋子也安于并信赖法皇的守护和关照。

只是,这些情况是怎样传递给鸟羽天皇的,天皇陛下有何感受,此时无人能够知晓。

[①]贵族府邸的护卫所。

第六章　浓情蜜意

每年一到早春二月，宫中都会举行诵经法会。

即召集僧人百名入宫，咏诵《大般若经》四天，供奉卢舍那佛的盛大法事。

只因佛经长达百卷，若全部诵读，实难做到，故只诵读几行重要章句或题目以代其余。其主旨是祈祷国家安泰与天皇皇室安宁。

此法事按惯例应于宫中紫宸殿举行，但其他上流贵族亦有在府邸举办者。

这一年，元永元年（1118）的宫中诵经会于如月，即初春的二月一日开始举行。

第一天，宣讲佛法教义；第二天，赐茶与僧人，即引茶；第三天，就佛经意义进行问答式辩论；第四天，以结愿结束法事。

鸟羽天皇按惯例亲临诵经会，此时虽是阴历二月，朵朵梅花已缀满枝头，其中还夹杂了些许早早含苞吐蕾的樱花。庭园内的福寿草、沈丁花、山茶花、山茱萸也不甘寂寞，争妍斗艳。从回廊望去，满目春色，馥郁芬芳，馨香阵阵。

日后，于贞治五年（1366）召开的"庆典歌会"，是平安时代以宫中举行的盛典为题材的歌会,其中亦有一些咏颂各季节诵经会盛典的和歌。

　　君王春秋万年长,法事如斯无穷期。

　　和歌大意是:"千秋万代,绵延不绝的帝王春秋,堪为这些法事永无尽头之典范。"

　　中宫璋子由里第回到宫中,是诵经会刚刚结束后的二月五日。
　　正月二十六日,盛大的立后大典举行之后,中宫璋子一直住在里第三条西殿休养身体,但择吉日正式回到皇上身边侍驾乃宫中惯例。
　　诵经结束会之后的二月五日,是宫中议定的中宫璋子回宫之日。不巧,几天来一直晴朗的天空忽然变得阴晴不定,午后下起了霏霏雪雨。
　　但从入夜后的酉时前后开始,雨渐渐停了。
　　等雨一停,中宫璋子便由三条西殿乘坐葱花形装饰顶的御舆,前往大内了。
　　在此葱花辇前,以上达部们为先导,一行车马沿东洞院大路朝北行进。
　　白河法皇先于中宫璋子一行起驾三条西殿,于大炊御门大路和东洞院大路相交的十字路口悄然停下御车,目送璋子乘坐的御舆经过。
　　璋子看见法皇的御车,轻轻点头致意后继续前行,由土御门皇宫北门进入宫中,可此时又下起了雪雨。
　　但宫中大臣们皆冒着雪雨,列队恭迎中宫御舆。
　　中宫璋子进入北配殿,在东厢赐上达部及众大臣飨馔及赏品,众大臣谢恩退下。
　　此套礼仪,按庶民的说法,即是举行了婚礼的妻子回门子后,再次回到夫君身边,开始夫妻共同生活。

然而,鸟羽天皇和中宫璋子的关系并非十分顺畅。

最背运的是,中宫璋子刚刚来了月信。

入宫仪式结束后,璋子以身体不适为由,继而又以月信为托词,使得皇上一直未能与中宫结合。

苦熬了一个多月,今夜皇上终于盼来了翘首以待的时刻,却又碰上了璋子来月信,着实让皇上懊恼。

皇上虽然才十六岁,也知道女性有这种生理现象。

皇上听乳母光子和其他乳母说过,女性每个月会有一周至十天身子不爽,这期间因身体不洁,故而不可勉强行房事。

可是,上次入宫之日以及之后的近半个月,都因璋子来月信而遭拒绝,今天又因此而不能合欢,皇上觉得无论如何也不能再忍耐了。

寝殿里终于只剩下他们两人时,皇上抱住璋子说:"我已等了许多日,再不能忍了。"

"实在抱歉,现在身子不干净。"

"没关系,我不在乎。"

"可是……"璋子定定地望着黑暗的空中,轻声道,"那么,我来为皇上服务吧。"

璋子刚要伸出手,皇上像小孩子似的耍起赖来:"我就要和你做!"说完掀开璋子的单衣,璋子推拒着:"请再等一等吧。"并翻过身去,背对着皇上。

已是欲火熊熊的皇上怎肯就此罢休,他从璋子背后揪住单衣后领,用力拉拽,璋子经受不住,"哎呀"叫唤了一声。

两位女房立即从值宿的房间赶来,朝御帝内张望着,询问道:"发生什么事了?"

"皇上他……"

听到中宫的声音,女房们进入帘内,一边对从后背搂住璋子的皇上劝阻道:"恳请陛下再忍耐一些时日。"一边将皇上拉开。

遭到两位女房的阻挡,即便贵为天皇也不好再强求了。

"你们来干什么……"皇上满面不悦地坐在被褥上。闻声迅速赶到的乳母光子,俯身下拜道:"恕奴婢冒昧。今夜还望陛下谅解。"

尽管乳母求情,可一旦燃烧起来的情欲实难熄灭。

光子先为璋子穿好被皇上脱去一半的单衣后,代替中宫对皇上解释道:"由于璋子皇后正值月信期间,故不能接纳陛下。"

皇上这才发现,不知何时璋子也坐到光子身边去,低垂着头。

皇上俯视着两人,嘟哝着:"上次也是这样。"

"是的。那次是因为中宫过于劳累,身体不适……"

见璋子和三位女房都低着头,皇上感觉无趣,移开了目光。然后,不满地说道:"可我们是夫妻啊!"

"是的……皇上所言极是。"乳母光子诚惶诚恐地回答,如同自己犯了错一般。既然已经正式入了宫,丈夫想和妻子行房,再自然不过了,"过几日,皇后一定会接纳陛下的。"

"过几日呢?"天皇刻不容缓地追问道。

乳母点了下头,坚决地回答:"如果陛下再宽容两三天的话……"

"说话算数?"

"是……"

也不问当事人璋子皇后怎么想,皇上只和乳母讨论何时能够接纳他,真是咄咄怪事。好在皇上总算放手了:"真冷,睡吧……"

看着皇上自己钻进棉睡袍里后,乳母瞧了璋子一眼,对皇上说:"那么,只今晚一次,因璋子皇后身子不净,请陛下允许皇后去别处歇息。"皇上没有理会,背过身去睡了。

见皇上已睡去,乳母朝璋子使了个眼色,站起身来,另外两位女房也跟着离开了皇上的御帐台。

走到值宿房间外时,乳母对两女房示意不用再跟着了,只和璋子皇后二人去了皇后居住的弘徽殿。

弘徽殿里点着烛台,屏风和几帐遮挡着外面刮进来的冷风,还算暖和。

在殿内的寝室里一落座,乳母便给璋子皇后套上一件已准备好的袿衣,等她身上温暖起来之后,乳母光子轻声说:"放心吧,好歹应付过去了。刚才真让人揪心哪。"

光子是璋子皇后的生母,但璋子成为中宫后,光子的身份便远在女儿之下了。

"还是母亲说话对皇上管用。"

"哪里哪里,不是的。"

光子作为天皇的笔头排位第一的乳母。乳母,一直把皇上哺育成人,皇上也不得不乖乖地听她的话。

"真是帮了我的大忙。"璋子皇后微微低头致谢。

光子点了点头,问道:"今天,又来月信了?"

"是的。对不起。"

光子缓慢地摇摇头:"这是女人成熟的标志,没什么可多虑的。只是,也太巧合了些。"

对此,璋子自己肯定比任何人的感受都要强烈。

"从入宫之日起到现在已经一个多月了……"

霎时间,璋子害怕地耸起了肩头。

"皇上那么年轻,那么想要你的话……"

不可能总是这样下去,璋子心里再清楚不过了。可问题是,她打心眼里没有跟皇上亲热的欲望。

"可以问皇后一个问题吗？"再次确认了四周没有别人后，光子膝行至璋子跟前问道，"关于这件事，法皇说过什么吗？"

光子非常清楚，在璋子皇后身后有法皇的存在。不仅是光子，今晚赶来的两位值宿的女房也知道个八九不离十。

"也没说什么，只是说……"

"只是说……"光子催促道。

璋子将目光移向灯火粲然的烛台，开口道："法皇说，第一个孩子，务必要为他生。"

"为法皇生子？"光子吃惊地反问道。

璋子静静地点点头："法皇要我一定做到。"

两人相对无言，过了半晌，坐在地上的光子的肩头微微颤抖起来。

"母亲……"璋子不安地膝行着靠过来，光子紧紧握住她的手，叮问："法皇陛下真是这么说的？"

"是的。"

"所以，你才……"

见璋子毫不迟疑地点头，光子再也控制不住自己了，直起身来，一把抱住了中宫。

"一定，一定……"光子也不知道自己在说什么了，只知道现在两人已不再是乳母和中宫，而是又回归母亲和女儿了。

尽管法皇的要求过于任性，但明知困难重重，仍然努力满足法皇心愿的璋子皇后——自己的女儿，真是无比可爱。

"明白了，明白了。"光子紧紧搂住璋子，连同她那瀑布般披在后背的长发，毅然点点头，说道："这件事，咱们一起想办法吧。一定要把此事办好。"

听了母亲的话，璋子忍不住膝行至母亲跟前，现在能依赖的人只有母亲了。可是，怎么做才好呢？

她们这样依偎着，握着对方的手时，光子忽然想到什么似的问："这次月信，是从哪天开始的？"

突然被母亲这么一问，璋子一时有些惶惑，沉吟了半晌才回答："从昨天……"

"法皇陛下知道此事吗？"

"知道。"

"果不其然……"光子仿佛明白了什么似的，缓缓点点头，说道："我从内侍那里也听说了。"

"哪位内侍？"

"就是法皇身边的大纳言内侍。"

"她怎么说的？"

"她说，可能会给你添麻烦，还请多多关照。"

原来还有这档子事，璋子也是才知道。

"上次入宫，以及这次回宫之日都是法皇陛下安排的，都是在中宫月信之前……"

对于这些巧合，璋子也隐约有所察觉。

一定是法皇为了璋子回宫这些日子都不让天皇接触她，而特意这么安排的。

"我明白了。"一直握着璋子的手的光子，突然朝女儿纳头便拜，"以后的事情，请放心地交给我吧。"璋子不解其意，茫然无语。光子毋庸置疑地开导道，"没有法皇，就没有咱们的一切。无论法皇提出什么要求，都不能违背法皇的意愿。"

"……"

"既然法皇如此切望，咱们就一定要想方设法让法皇如愿。"光子再一次握住璋子的双手，一边用力摇晃着一边说，"请千万千万要做到啊！"

"放心吧,我会做好的。"

在宫里时,中宫璋子住在位于清凉殿北边的弘徽殿里。

早上,璋子皇后一起床,就会有好几位女房为她梳妆打扮。

梳洗之后,要在脸上涂一层白粉,描画秀眉,扑上腮红。璋子皇后正值青春妙龄,肌肤白皙透明,光滑细腻,根本无须过分化妆。

而且,璋子皇后自己似乎也不喜欢被好几个女房环绕着浓妆艳抹。

也许是因此缘故,不到半个时辰便化妆完毕,即便只是淡妆,帘内的璋子皇后也如同出水芙蓉般冰清玉洁。

就连也被安排来侍候璋子皇后的光子,都惊叹于她那雪白如凝脂的肌肤,恍然悟到法皇对璋子这般迷恋的缘由了。

梳妆完毕,璋子皇后便开始穿着衣裳。

今天没有特别的正式活动,所以璋子皇后穿了张裙裤、单衣,外面层层套了几件袿衣,即重袿。

虽说这只是身份显赫的女性的简装,但袿衣上花枝俏丽的红梅分外耀眼,连生母光子也不由得看呆了。

到此为止,璋子皇后早上的装扮总算告一段落。

"皇后要用早膳吗?"女房请示道。

璋子皇后轻轻摇摇头。

贵族们参加的庆典大多在夜晚,就寝也迟,所以早上几乎不用早餐。

中宫璋子从镜匣里取出镜子来,正对镜看妆时,光子问:"可以请大纳言内侍进来了吗?"

璋子皇后知道今日午时[1]内侍来访,便点点头,喝起了白开水。此

---

[1]正午前后。

时,身着女房正装的大纳言内侍缓步走了进来。

内侍向坐在御帐台上的璋子皇后深施一礼,问候道:"奴婢参见中宫殿下。中宫美若天仙,深感无限欣喜,荣幸之至。"

璋子皇后回了一礼,客气地回礼道:"恭候大驾光临。"

虽然显赫无比的中宫与大纳言身份相差悬殊,但由于内侍是法皇的贴身侍从,璋子皇后也多次见到过她,因此用不着说许多见外的客套话。

在旁边侍候的乳母光子对璋子皇后说:"希望今天能和内侍三人一起聊一聊。"璋子皇后似乎察觉到了事情重大,便道:"请二位进御帐台一叙。"

光子和内侍对视了一眼,便轻轻步入御帐台。

弘徽殿母屋中,也有一个十分宽大的御帐台,既可以加天盖成为床铺,也是权势的象征。

中宫的御帐台更是非同凡响,摆放了一张称作"浜床"的黑漆木台,床板之上铺了两层晕渲①织锦包边的榻榻米,浜床四周围了一圈帐幔。

因是白天,立在帐幔里的三面几帐已卷了上去。榻榻米上铺着锦缎被褥,前面左右两根床柱上悬挂着除水汽的犀牛角,后面左右两根床柱上悬挂着驱魔的八棱镜。

乳母光子和内侍在璋子皇后对面并排坐下,又一次向皇后施礼。

"在这里,完全不用担心他人耳目了。"光子四下看了看,放心地点点头,对中宫说道,"……我和内侍都切盼能如法皇所愿,万事顺遂。"

光子所指的,即昨夜光子听璋子皇后说的为法皇怀上龙子之事,

---

① 一种使颜色的浓淡界限模糊的渐浓或渐暗的上色方法。

璋子皇后也心中明白。

"中宫殿下对此事也没有异议吧？"

"当然没有。"璋子皇后毫不犹豫地爽快答道。

她们两人听了，同时点点头。光子继续说道："只是，皇上昨夜恁般强求，恐怕皇后难以再推拒下去。"

璋子皇后回想起昨夜那场风波，微微蹙起眉头，低着头默然无语。

沉默了片刻后，内侍低了一下头，对璋子皇后说道："关于此后如何行事，法皇陛下是这样考虑的。"

"什么？法皇吗？"

"是的，法皇陛下已考虑周全……"

法皇有什么高招呢？璋子皇后眼睛里立时有了神采。内侍对她轻轻点点头，说："恕在下唐突，想请教中宫一些私密之事。中宫的月信一向可准时？"

冷不防被问及这种事，璋子皇后不知如何作答，稍稍思考之后，轻轻点了点头："是的……"

"大约间隔多少天呢？"

"什么间隔多少天？"

"大多数女性是二十七八天，也有的人间隔三十天的。"

面对比自己年长的两位女性的注视，璋子皇后似乎有些紧张，声音更小了："好像是二十八天……"

内侍立刻用力点点头，说："这就是说，每个月都很准时了……"

"是的，这两三年一直都是这样。"

内侍意识到，中宫才十八岁，对如此年轻的女性探问此事，实在不妥。内侍虽然深感冒昧，但现在务必都确认清楚。

"恕在下失礼，皇后的月信大致持续几天……"内侍惶恐不已，竟问出这么令人难堪的问题，但璋子皇后似乎已经不紧张了，坦率回答:"五天,最长七天左右吧。"

"明白了。"内侍低了一下头,又问,"还有一个问题,在两次月信之间,有没有感觉腹痛等等……估计那应该是卵子排入子宫的时候。"

"是的。"璋子皇后已经放开了似的,有问必答,"好像是月信之后七八天,或十天左右开始吧。"

"总之,感觉很明显,对吧?"瞧着轻柔点头同意的璋子皇后,内侍放了心,稍稍提高了声调,"我没有问题了。知道了这些,就好办了……"

见内侍独自点着头,璋子皇后问道:"这些说明了什么呢?"

"启禀皇后,因为那几天是最容易受孕的。"

"是吗?趁着那几天和法皇……"

内侍和光子没等话音落下,便立刻点头。

何等聪颖的女子啊。中宫能够领会到这一层,内侍觉得自己今天来访的任务就完成一半了。

"在下还有一个冒昧的请求。"内侍说到这儿,朝光子低头示意。

于是,光子轻轻探身向前,说道:"正如皇后理解的那样,排卵时是最容易受孕的时候。换句话说,月信结束后和临来之前这段时间应该是最不易受孕的。"

毕竟是生母,宛如教导自己的孩子一般,掰开揉碎地细细讲解。

"尤其是排完卵五六天之后,就不用担心怀孕了。"

"那么,月信期间呢?"

"当然,那个期间完全没有可能受孕的。"

"然后呢?"璋子皇后连连发问。

光子慌忙俯下身,轻声说道:"在月信之前和之后,请与天皇陛下……"

一瞬间,空气仿佛冻结了似的静寂下来。沉默良久,璋子皇后喃喃问道:"这是法皇……"

"是的。法皇陛下说,请务必如此行事,拜托了……"内侍匍匐在榻榻米上,垂下头说道。乳母光子也点着头,附和道:"这样的话,皇上那边也好交代了……"

光子以为璋子皇后想清楚了,便慢慢抬起头来,却见她坚决地摇头:"不愿意,我可不愿意。我是法皇所爱的女人哪!"

"啊……"

"除了法皇陛下之外,别人都不行!"

这也可以理解,这不正体现了女人的真情吗?

两位女房一直俯身在地,不敢抬头。过了好一会儿,乳母光子才抬起头来,劝慰道:"皇后的心情我们非常理解。不过,既然贵为皇后,此事还望多多忍耐。"

"……"

"那个时候,请横下一条心吧。"

"这是法皇陛下的意思吗?"

"是的……"这回,大纳言内侍替光子说道,"不过,法皇说,他绝对不会有负于璋子皇后的。"说到这儿,内侍微微抬起头来,继续说道,"法皇说,这个世上他最爱的女人是璋子,无人可比。他可以对神发誓,绝无半句虚言……"

"……"

"法皇陛下说,至少第一个孩子,请想方设法为他而生……"

璋子皇后凝视空中良久,平静地点点头,毅然决然道:"我明白了。一定照法皇的吩咐去做。"

第七章　周旋其间

二月五日，璋子皇后自三条西殿回宫后，便一直住在宫中。

于是，宫中的女房们都紧张忙碌起来，但并未发生异常情况。

举行过立后典礼，璋子便贵为天皇之后，在宫中生活也是极其自然的事。

由于璋子皇后入宫前生活在三条西殿，立后之后又回里第住了一段时间，所以在宫中生活的时间屈指可数，女房们一时还不大习惯。

不过，既然中宫已择吉日正式回宫，便没有理由再回里第了。对此，璋子皇后自然心中明了，一直尽力去适应宫内的生活。

此时恰逢紫宸殿前庭的樱花盛开，从殿中的回廊望去，池塘四周，以及池心浮现的假山上，遍开着樱花、福寿草、沈丁花、山茶花等，目之所及，一片百花缭乱的盎然春趣。

尤以樱花为最。不单是前庭，璋子皇后居住的弘徽殿的壶庭里也是烂漫绽放，花瓣随着微风吹拂，不时飘进寝殿的妻户①里来。

在此风和日丽的宜人时节，璋子皇后经常穿着绘有彩蝶和鸟儿的

---

①靠近建筑边缘的对开门。

唐式白底单衣,外罩一袭深紫色的俏丽袿衣。

这般套色穿着的璋子皇后,从几帐中款款迈步出来,更衬得她那天生丽质的清秀面庞愈加楚楚动人,尽显杨柳扶风般绰约风姿。据说公卿大臣之间,无不口口相传,人人赞羡。

璋子皇后自然是不可能听闻这些赞美,她常常将时而飘坠进来的花瓣归拢一处,以花枝为赌注,和女房们下棋玩耍。

据说,璋子皇后跟祇园女御一起生活时学会了下围棋,所以棋艺甚是了得。

"我赢了。"璋子一边说着,一边落下棋子,女房们只好低头认输。"太高兴了!"璋子欢喜雀跃,马上拿起樱花枝条,愉快地闻着花香。

中宫就是如此的率真可爱。渐渐熟悉了宫中生活后,侍奉中宫的女房们也不再紧张,脸上渐渐露出了笑容。

不过,璋子并非可以总是这样松弛快意。

随着日落西沉,夜幕降临,璋子的心情越来越烦闷忧郁起来,因为距离为天皇陛下侍寝的时刻越来越近了。

今天是璋子回宫的第四天,但她还一直未曾与天皇合衾。

每晚,天皇自然是兴冲冲地求欢,但璋子皇后每每以月信为托词,拒绝了皇上。

不只是璋子,因女人的月信污秽,自古以来就是宫内讳忌之事。

天皇从乳母嘴里听说了此事,亦无可奈何,只得作罢。可是,到了第五天的话,璋子已没有理由再拒绝了。

实际上,璋子的月信已经结束了。乳母光子似乎已有所觉察,拜托璋子道:"今夜,请务必接纳皇上。"

璋子装作没听见,扭过脸去,不予理睬。

到了现在,再也没有理由推拒皇上了,璋子皇后心里也明白得很。

然而,她没有明确表态,也许是对于自己必须同时接纳法皇和皇上两个男人而想不通吧。

"可以做到吗?"事到如今,已不能再回避了。光子跪起一条腿,说道:"摆摆样子就好,不用说话……"

"摆样子?"璋子立刻反问。

"是的,光是这样皇上就会满足的。"

居然说出这样胆大包天的话来,璋子看了光子一眼。

竟然敢说什么"只要摆摆样子就好",还说什么只是形式上接纳,皇上就会满足的。这种话,也只有像乳母这样的生养了众多子女的女人才说得出来。

"你是说,这样就行……"

"绝对没有问题,请放宽心吧。"

难不成女人也可如此行事?听起来像是在逃避,但在接纳了皇上这一点上,或许是毫无二致的。

见璋子一直在沉思,光子又施一礼,道:"这也是法皇陛下的意思。"

"什么?"璋子一听这话,不由得瞪大了眼睛。

没想到法皇还会说这样的话。一时间无法相信,可是,自己的亲生母亲不可能欺骗自己。

"法皇陛下事无巨细地在为你担忧。"

听到这里,即便是璋子,也无法再违拗下去了。

"请对皇上说'好的',然后,静静地温柔地接受他便可以了。"

在乳母细致入微的教授下,璋子渐渐有了自信。

"请不要担忧,我会一直守在外面。"

既是生母,又是天皇乳母的光子在旁边侍候,对璋子来说虽然难为情,但只有这样才能让她安心。

"我明白了。"璋子轻轻说道。光子终于松了口气,此时方才意识到自己的身份,向皇后躬身施了一礼。

翌晨,凉风劲吹,沿回廊四周樱花花瓣散落一地。辰时①,璋子皇后从皇上的寝宫回来了。

今天璋子皇后起床早于往日,一是因瑟瑟风声而醒来,二是和皇上同寝不得安睡之故。

一回到弘徽殿,璋子皇后便命女房们为她清洁身体。

洗漱之后,璋子皇后正在穿晨间褂衣时,母亲光子来了,请安道:"皇后早安。"

璋子点点头,光子拾起一片飘进帘内的花瓣,忽然问道:"昨夜过得还好?"

虽说是生母,被问及男欢女爱这样的隐私,也让人难于启齿。璋子犹豫片刻,目光移向樱花飘零的庭园,低声回答:"嗯,好歹……"

光子猛然用力点点头,迈前一步说:"那可太好了,我心里总算踏实了。"

连连点头之后,光子突然问:"那么皇上还满意?……"

皇上满意还是不满意,璋子哪里知道。

但她至少可以肯定,当皇上完全被包裹进自己的体内时,充满欢喜地发出了一声叫唤,紧接着便一泻而出。

"我觉得,应该是快乐的……"皇上并没有说出来,但璋子清楚记得,事毕,皇上紧紧搂抱自己接吻。

"没闹什么别扭吧?"

"没有。"

---

①上午八时左右。

听到这儿,光子不禁膝行至璋子跟前,恭敬地捧起她的双手,不住地叨念着:"太好了,太好了!这可真是万岁万万岁啊!"

望着母亲兴奋的样子,璋子惊讶不已。不过,至少可以肯定的是,昨夜与皇上合衾,已使得万事平定下来,其中也包括自己。

从二月五日回宫之日起,弥生、卯月①、皋月②,璋子一直住在弘徽殿没有出宫。

立后大典业已结束,璋子已成为皇后,住在宫里也是理所当然的,但璋子的身心却一直未能习惯皇上的宠幸。

当然,璋子并非不顺从皇上,而是有求必应,百依百顺。在这一点上,应该说璋子很好地履行了皇后的义务。

已十六岁的皇上,由于第一次接触璋子的身体,感觉非常欢喜和满足。

以前,皇上一直偷偷看"房中术"等等,沉溺于想象,但实际接触女人,达到高潮时飘飘欲仙的快感和满足感,远远超过了想象,美好得无与伦比。

这是皇上自己这么说的,璋子也能够感觉得到。

从此,皇上对璋子的宠爱与日俱增,夜夜求欢。

但璋子在委身于皇上的同时,依然保持着冷静,并未忘记需要回避的日期。

每到月信来访时,璋子必定会拒绝侍寝。无论皇上怎样央告,璋子都会晓之以"此乃不净之讳",仍不能使皇上罢休时,便用手来让皇上满足。

---

①日本阴历四月的异称。
②日本阴历五月的异称。

这一手早已随法皇习得,璋子对此自信满满。

待月信干净之后,璋子便接纳皇上,但一到月半,估摸即将排卵时,便再度婉拒皇上。

"又不是那个时候……"对此,皇上流露出不满,但璋子以近来身体绵软、感觉不爽等理由坚决推拒。

然后,从排完卵的几天之后,直到下次月信到来之前,又重新侍寝。

在这些日期的把握上,璋子一直是一丝不苟地按照和乳母光子及大纳言内侍一起商定的安排去实行。

当然这也是和法皇的约定,年轻的皇上是万万想不到的。

不过,皇上也渐渐知道了女人总是有这样那样的麻烦事,嘴里嘟囔着"女人和男人不一样,真受不了",而不再纠缠了。

也许因此皇上对璋子的欲望反而更加强烈了吧,有事没事便搂过璋子来百般抚摸亲吻。

总之,初次体味到了女人肉体的丰腴和绵软,令皇上感受至深,但有闲时,便手痒似的想要触摸璋子。

白天皇上也动辄把璋子叫到身边,没话找话说。

天皇是一国之君,是国家的各种祭祀庆典的中心人物,因此白天几乎都要出席各种庆典,一天到晚不得闲,连这些场合皇上也想要璋子陪在他身边。

近臣们自然以没有先例为由反对,而璋子也无意出席此类活动。可典礼一结束,皇上立即叫璋子前来,想和她亲昵。

仿佛璋子一刻不在身边便日月无光一般,但璋子却感觉很不自在。

皇上越是浓情蜜意,璋子越发对皇上提不起兴致,心情委顿。

璋子的情绪也在身体上反映出来,和皇上夜夜缠绵,使得她心思日渐郁结，以至屡屡身体不适，卧病在床。

这种状况究竟是怎么造成的呢？母亲光子也颇为不安，但个中缘由只有璋子自己隐约有所察觉。

当然，璋子对皇上绝无丝毫不满，反倒觉得皇上对自己如此和善亲切，理应加倍回报才对，可越是这么想，自己的心越是冷却下去。

这究竟是何缘故？思来想去，璋子终于发现原来是身心相悖之故。

每天夜晚侍寝时，璋子都会有这样的感觉。

每当产生这种感觉时，璋子总是一边告诫自己，这是绝对不能回避的重要义务，一边极力迎合皇上。

丝毫不动感情，只用身体去承受皇上之爱。由于这种身心逆反之故，使得璋子心情烦躁，毫无一丝快感。非但如此，皇上越是如醉如痴，激情似火，璋子的心越是冷却下去。

正是每夜遭受这种折磨，才使得自己如此焦虑不安、心神不定吧。

当璋子听到母亲说"只把身体交给皇上"时，甚感惊讶和不安，心想"这怎么可能呢"？

可一旦付诸实施，却出乎意外轻易地接纳了皇上，简直容易得连璋子自己都深感迷惑，难以置信。

"原来还可以如此行事……"璋子刚刚这么一想，立刻又意识到，这也是拜无数次给予自己温柔之爱的法皇所赐。

璋子知道，自己非但不是处女，而且是对于性早已毫不生疏的成熟女人了。因而，把此事当作任务来完成时，才能够按照母亲的吩咐，驾轻就熟地应对了。

同时她也意识到这样应付差事时，没有丝毫的快感可言。

和法皇做爱的时候，那样迷醉痴狂到了忘我之境，可是和皇上却是一次不如一次。

究其原因在于,皇上会以怎样的姿势进入,会如何动作,会发出什么叫唤全都在自己的预料之中,每一个步骤都记得真真切切。

连自己也无法相信这般冷静来自何处,这种状态又是缘何而起。

其实璋子心里业已明白,正是不动感情,只交出身体这种不正常状态导致的。

璋子再次感到冷漠的自己实在可怕。难道可以一直这样下去吗?她越想越不安。

可以的话,她真想问问别人:"难道可以总是这样背叛自己的身体吗?……"

可现在,自己身边可以信赖的人只有生母光子和大纳言内侍,而她们都是教导自己必须如此这般去做的人,问也是白问。

"我只能这样勉为其难地伪装下去了吗……"璋子一边问自己,同时也为自己身体的诚实而惊诧、而感动。

即便不动感情,在和对方多次结合的过程中,难道就不会产生亲近的感觉,身体逐渐喜欢上对方吗?

如果对方是个讨人嫌的家伙另当别论,可他是对自己钟爱有加、事事满足自己心愿的皇上啊。

不用说,皇上不具备像法皇那样能够使女人欲醉欲仙、花样翻新的娴熟技巧,以及使女人焦躁难耐、亢奋忘情、恰到好处地结合一体的把握火候的能力。

皇上只知一味求欢,直捣黄龙。如此一门心思,实在单纯可爱之极,同时也算得上是一种纯粹。

虽然自己已习惯于皇上这种单刀直入的方式了,为何却感觉不到一丝快感呢?

愁肠百结地冥思苦想时,璋子再次想到了和法皇之间多年来的欢爱情交给自己留下的烙印之深。

"难道说,我的身体已经彻底熟悉和喜欢法皇的爱抚了,换成了别人,就感受不到快乐和满足了吗?"璋子不由得扪心自问,却没有得到答案。她又向自己的身体发问,"是这样的吗?真的是这样吗?"

无论问多少遍,身体也不回答。

谁知,就在璋子这么反复发问时,身体已不受控制地渐渐发热,燃烧起来,她不禁叫出了声:"法皇陛下……"

一旦说出来便再难压抑,璋子恨不能立刻见到法皇。

继续欺骗自己的身体,实在太不堪忍受了。今宵一定要让自己的身心全部化为灰烬。

如果现在法皇出现在面前,自己肯定会猛然扑进他怀里,紧紧搂住他说:"快点……"

璋子一边渴望着法皇的拥抱,一边蹲了下来,向前探出身子,双手抱紧自己的前胸,不知不觉这样喊出声来。女房们察觉之后,立刻赶了过来,问道:"皇后不舒服吗?"

璋子听见问话,无力地摇摇头,低声说着"没事",上身却瘫软在了被褥上。

水无月,六月二十二日,璋子由皇宫出来回了里第。

即俗称回娘家,是宫中女人习以为常之事,并不稀奇。

尤其是璋子,自从二月五日回宫之后,差不多时隔近五个月才回门,所以女房们也觉得很正常。

只是那天,璋子回的不是里第三条西殿,而是法皇居住的正亲町府邸。

此御殿位于土御门皇宫的斜对面,由于距离非常近,所以中宫璋子乘坐牛车,女房们徒步跟随在后。

上述行为显然不能说是回娘家,因为做妻子的说是回娘家,却去了别的男人等候的地方。

可是,璋子却无所忌惮地进入了正亲町府邸,当然,这都是因为法皇的指令。

到这一天为止的近五个月里,法皇日日夜夜思念着璋子,得知她终于有机会回里第了,便再也不能遏制立刻见面的欲望,指示璋子当天直接来正亲町府邸相见。

这就是法皇独有的霸道之处。若被皇上知道了如何是好?一些公卿很是担忧,可当事人却顾不了这些了。

总之,从这一天直至中宫回宫的八天时间,法皇和璋子一刻也没有分开,一直待在正亲町府邸里。

对于法皇来说,此乃翘首以盼的难得幽会,对于璋子来说,也是终于可以摒弃伪装,尽情陶醉于真爱的八天。

可是,这期间鸟羽天皇是怎样的心境呢?

当然,璋子进入了白河法皇的正亲町府邸的消息,皇上已从身边侍者那里听说了。

皇上和中宫已不再是前些日子那样的形式上的夫妻了。现在,皇上对中宫迷恋得神魂颠倒,对她的一举手一投足都特别放在心上。因此,璋子皇后和法皇住在一起,令皇上感到无比屈辱。

但皇上是不可能对此事发表什么异议的。

璋子皇后回的虽说不是真正意义上的里第,但法皇是璋子皇后的养父,首先回到父亲身边看望也是无可厚非的。

况且,虽说璋子皇后在那里住了下去,也没有证据说明他们之间有不正当的关系。

已年届六十六岁高龄的法皇,和年龄相差近五十岁的璋子皇后之间有男女私情,也实在超乎想象。

但此时的皇上也成熟一些了,随着对女人的兴趣越来越浓厚,嫉妒之心也相应地日益增强。

究竟相当于祖父的法皇和自己的妻子中宫之间有没有肉体关系,乃是留在皇宫里的皇上最关心的事情。

不过,表面上一切平静如水。回正亲町府邸第九天的七月一日晚,璋子皇后乘坐法皇的车辇回到宫内。

时隔多日难得回一趟里第,所以中宫回宫的时日早于人们的预想,其实这也是由于皇上强烈要求璋子尽快回宫的缘故。

回宫之后,皇上和璋子的关系较之前发生了明显的变化。

以前,皇上对男女之事还缺乏经验,只是一味地依恋和追逐璋子。

而从这天起,皇上开始以一个成熟男人的姿态对待璋子,显露出了将璋子作为自己的女人来管束的强硬态度。

尽管月信之时,或排卵之前,璋子依然坚决拒绝侍寝,但皇上也不退让了。

两人时常因此发生争执,夫妻感情愈加紧张起来,女房们经常要惊慌失措地介入其间进行调解。

但每次争执时,皇上从不道歉,有时甚至会说出醋意大发的话来。

"换成谁的话,你会允许呢""如果有喜欢的人,就坦白地告诉我"等等,一边这样说,一边迫使璋子就范。

每次听到这些话,璋子都切身感受到皇上变得蛮横粗暴了。

尽管璋子知道这是因为皇上太想要自己了,但她却无法适应这样强硬的态度,对皇上的情感愈加冷却下去了。

这样下去,结果会怎样呢?璋子心绪忧烦,却又不想和母亲光子商量。

即便和母亲商量也是徒然,毕竟是闺中之事,到头来只能自己去面对。

如此这般,璋子皇后在闷闷不乐中度过了文月①、叶月②,进入了长月③。

与此同时,白河法皇正计划去熊野祭拜④。

法皇的熊野信仰一直非常虔诚,这是第四次熊野之行了。

从京都出发,经河内⑤、和泉⑥进入纪伊⑦国,穿越葱郁繁茂的山路,去参拜本宫。之后顺游而下,去参拜新宫,面对水花飞溅的那智瀑布诵念佛经。

这一路上要花费近一个月时间,还要翻山越岭,真乃险境丛生之旅。

再者说,倘若三十、四十岁年纪另当别论,已六十过半的法皇,要跋涉如此险恶的旅途,则需要相当的精神准备了。

法皇明知困难重重,仍不改初衷。

虽说究其根源,在于信仰之心,但法皇相信,若时时这样磨难自己、苛待自己,会使自己多年来犯下的种种罪孽得到宽恕。

这其中,自然也包括对自己与皇后之间乱伦的愧疚。

总之,法皇参拜之意已决,无可阻挡。唯愿临行之前,与璋子皇后

---

①日本阴历七月的异称。

②日本阴历八月的异称。

③日本阴历九月的异称。

④日本和歌山南部的熊野是一处幽邃的山岳地带,历来有"世外天地"之称。自古以来日本人将这里视为神圣之地。在此基础上,日本人创造了熊野信仰。"本宫大社、速玉大社、那智大社"三神社被称为"熊野三山"。除修行者以外,以法皇、上皇为首的皇室参诣队伍经常来到这里。

⑤日本旧国名,现在大阪府的一部分。

⑥日本旧国名,现在大阪府的一部分。

⑦日本旧国名,现在的和歌山(三重县)。

见上一面。

若与璋子幽会后再行启程,纵然旅途上遭遇不测,也无怨无悔了。

为了让法皇的渴求如愿以偿,与璋子约会之日确定下来。

即是九月二十日。是日,戌时[①],璋子皇后秘密出宫,悄悄进入法皇等候的正亲町府邸。

当然,璋子已做好了被皇上察觉的精神准备。

事到如今,即便被皇上察觉也无可怯惧。

从二十日直至二十五日的戌时,这五天里,他们两人一步也没有外出,一直待在正亲町府邸里。

此乃祈求神明保佑的秘密幽会,而璋子知道从这天开始排卵,并告诉了法皇。

正所谓佳期有约,暗结珠胎,却不知能否天遂人愿。

璋子一心想要只争朝夕地怀上法皇的子嗣。

此愿达成后,就能从现在缠绕自己的种种烦恼中解脱出来了。

"我去熊野为咱们祈祷神明保佑。"

"有劳陛下了。"

两人不约而同地拥抱在一起,一心闭目祈祷,成就受孕。

不知是他们的至诚之心感动了上苍,还是两人算计周到而终获果报,就在这次约会之后,璋子皇后真的怀孕了。

[①]午后八时许。

第八章　皇子诞生

白河法皇的熊野信仰虔诚无比，一生共前往熊野参拜了九次。

第一次是宽治四年（1090），白河法皇三十八岁时，在围城寺的增誉、延历寺的庆朝、仁和寺的觉意等高僧随同下赴熊野参拜。增誉特别被委以先遣之职。

因此功绩，增誉被任命为熊野三山的检校①，从那以后，围城寺僧人被任命为三山检校便成为惯例。

另有庆朝、觉意两位高僧担任在熊野参拜时的诵经导师，尔后每次御幸时，便有这样的先遣和诵经导师同行。

此外，熊野方面的别当和执行以下的僧人称为"师"，为法皇一行以及贵族们参拜熊野提供祈祷与住宿等便利。

法皇将参拜时途经的纪伊国田地百余町进贡给熊野的神社，随着财政基础的齐备，法皇的熊野参拜与三山各神社建立了密切的关系。

其他随驾同行者有，按察使大纳言藤原实季、二位中将藤原经实、

---

①掌管寺院总务的官职。

宰相中将藤原基忠等三位公卿，丹波①守藤原师信、但马②守高阶为章、因幡③守藤原隆时、越后④守藤原国明、阿波⑤守藤原知纲等五位受领，以及右近卫佐藤原基任、宫内少辅藤原显隆、藏人兵卫尉高阶为行、源惟清、六位判官代藤原季安等五位殿上人。

他们均为法皇身边的近臣，其中受领们担负旅途上所需各种费用。

在白河法皇开始参拜熊野之前，京都的贵族们就经常前往熊野参拜了。

据史料记载，承历四年(1080)时，摄关家的左大将藤原师通曾前往熊野祭拜。翌年，永保元年九月，同样仕于摄关家的藤原为房也曾去祭拜。

随着贵族们的熊野崇拜的盛行，京都的贵族与熊野山僧兵之间的接触也日渐增多，并发生了数起事件。

例如永保二年(1082)十月，为抗议尾张⑥守源显仲的仆从杀害了熊野僧兵，熊野山的僧兵三百人扛着载有新宫和那智两人尸体的神舆，浩浩荡荡来到京城告官。

翌年，熊野山僧兵又向播磨⑦守提起诉讼，状告划归熊野山的土地山林被官府强收。

---

① 日本旧国名，位于今京都府中部和兵库县。
② 日本旧国名，位于今兵库县北部。
③ 日本旧国名，位于今鸟取县东半部。
④ 日本旧国名，位于今新潟县。
⑤ 日本旧国名，位于今德岛县。
⑥ 日本旧国名，位于今爱知县西半部。
⑦ 日本旧国名，位于今兵库县西南部。

在这些熊野山事件前后,法皇开始了熊野参拜,同时,法皇还频频参拜高野山、金峰山、春日社、日吉社等灵地。

法皇如此热衷于参拜熊野,究竟出于什么动机呢?

此时兴起的灵地参拜热,自然是重要原因之一。

据慈圆的《愚管抄》[①]记载,传说白河法皇前往熊野参拜时,见到神佛的御帘下面伸出纤纤玉手,翻出手掌心后缩回,如此两三次,法皇甚觉奇异,便问僧人是何缘故。僧人告知,是神灵附上七岁的熊野巫女之体,"以此动作表明,适逢末世,翻手为云覆手为雨之事甚多之意"。

还可以做如下推测,随着对神佛的皈依程度逐渐加深,法皇不辞千辛万苦朝拜熊野,也是为了在那些社稷里思考种种问题,做出决断。

例如,保安元年(1120)十月的熊野朝拜,是十月三日从都城出发,十五日到达本宫,二十二日回到都城的。

回到都城后不久,法皇突然解除了藤原忠实的关白职务,彻底切断了法皇与摄关家的"鱼水之交"。

去朝拜的一路上,随行的近臣们也与法皇同甘共苦,感情日益增进,因此,朝拜也成为法皇加强与近臣之间纽带的重要契机。

元永元年(1118)闰九月的熊野朝拜之际,同行者除宰相中将藤原信通外,还有藤原长实、藤原家保、高阶宗章、藤原忠能、高阶为重、藤原行佐等近臣,以及北面的下﨟[②]九人、厅官八人参加。

翌年,元永二年九月的熊野朝拜,同行者与上次相同,但除殿上人

[①] 天台长老慈圆(慈镇,1155—1225)为了劝谏上皇,用假名文字写成历史著作《愚管抄》,用佛教的宿命论(末法思想)观点来说明贵族阶级的没落和武家兴起的历史趋势。

[②] 在皇宫北面担任护卫的人。按官阶分为北面或上北面(四五位)和下北面或北面的下﨟(六位)。

之外，作为北面的下臈，有备前①守平正盛、平贞贤、源季范、平盛兼、源近康等武士同行。

不消说，这些武士的任务首先是保卫法皇一路上的安全，同时，也给朝廷命官与武士接近提供了契机，成为日后武士发展的起因之一。

那么，法皇朝拜熊野到底有多少人随行呢？

据记载，元永元年的熊野朝拜时，从摄津②和泉征来的粮草马匹，与八百一十四人数相对应，共十六石二斗粮食，一百八十五头马匹。但是，据推测，实际人数要超过好几倍。

因为承安四年（1174）九月，藤原经房去熊野朝拜时，包括七名武士在内，带了一百三十余人，所以，法皇出行，随行者应在其十倍以上，即一千五百人至两千人。

如此大规模的朝拜，法皇曾经施行了九次，其真意何在？

据记载，天治二年（1125），法皇准备去熊野朝拜时，做了三件事。其一，建造了一尊一尺六寸的七宝塔，安放金泥小字《妙法莲华经》一部八卷；其二，书写金字《法华经》一部八卷和《无量义经》《观普贤经》各一部；其三，书写金字《药师经》《金刚寿命经》《般若心经》各一部。

法皇通过上述供奉来加深信仰之心，期待本地佛的功德当无可置疑。

至永久五年（1117），法皇去熊野朝拜，回京一个月后，璋子成为鸟羽天皇之后。由此可知，此行是为了祈愿璋子平安入宫。

然而，法皇这样频繁朝拜，似乎并非单纯出于信仰。

实际上，每赴熊野朝拜之际，法皇都平息了和泉、纪伊、大和③一带的纷争，将有实力的领主们置于自己的掌控之下，并加强了对这些

---

① 日本旧国名，现在的冈山县。
② 日本旧国名，现在的大阪（兵库县）。
③ 日本旧国名，现在的奈良县。

地方的统治。

上述事实首先证明了院政经济基础之雄厚,同时还具有向世人显示白河院政的地位之不可撼动的示威般的意义。

事实上,这一时期,曾经属于摄关家的政治实权已完全被院政掌控,没有白河法皇点头,则一事无成。

综上所述,法皇不仅是新时代的创立者,也是统帅者。

元永元年闰九月,白河法皇开始计划第四次熊野朝拜。

但是临行前,依照惯例要在鸟羽殿进入斋戒的法皇想和璋子皇后见个面。

大纳言内侍得知法皇心意后,立刻与土御门里的乳母光子联系,安排他们会面。

于是,九月二十日戌时①,中宫璋子突然秘密出宫,去了法皇所在的正亲町府邸。

直到二十五日戌时,即璋子皇后回宫之前的这五天里,法皇一直和她在一起。

现在,重新提起这几天的日程,是因为从后来的发展来看,可以推断出璋子正是在此期间怀孕的。

关于这一点,已故角田文卫氏做过详细调查,据此调查,中宫璋子此后平安产下六名皇子和皇女,可见是一位健康的妇人。

日本妇女的妊娠期间,根据各个产科医院统计,从最后一次月事的第一天算起,平均二百八十一点零七天,但由于实际受孕与排卵日期相关,因此是从第一天开始算起的十至十七天之后。

那么受孕至分娩的时间,应在二百八十一天减去十至十七天,即

---

① 下午五时左右。

二百七十一天至二百六十四天之间。

用以上规律来推算的话,中宫璋子自元永二年五月二十八日起,二百七十一天至二百六十四天期间,即在元永元年九月二十三日至三十日之间受的孕。

若角田氏的这一推论无误,这其中便隐藏着宫中一个巨大的秘密。

九月二十日至二十五日,法皇和璋子在正亲町府邸密会,多次交媾之时,恰逢璋子排卵期间而坐胎,故应为法皇之子。

元永元年的闰九月七日,法皇启程前往熊野朝拜,大约一个月后的十月五日,回到京都的正亲町府邸。

这期间,中宫璋子预计的闰九月的月事未见,以往十月五日开始的下一次月事也不见,自十月中旬开始出现轻微的妊娠反应。

根据这些现象推断,中宫的女房们确认璋子皇后已怀孕无疑,便报告了大纳言内侍。

内侍接到报告后,立刻赶到法皇住所,屏退左右人等,报告了中宫怀孕之事。

"什么?你说璋子怀孕了……"法皇迅即问道,仰头凝望着空中,然后探身过来,沉稳地叮问,"可以确定吗?"

"是的,乳母光子也说可以确认。"

"那么,这孩子,是我的?"

"是的。陛下去熊野朝拜之前,召见璋子皇后时……"

"你是说那时候怀上的……"突然间,法皇用扇子啪啪地敲打着凭几,一边叫喊着,"成功了!终于成功了!"一边前后晃动着身体。

如果不管他,很可能会一个人手舞足蹈起来的。转瞬间,法皇又想起什么似的,突然一动不动了。

然后,法皇坐正了姿势,用扇子示意内侍近前说话。

待内侍走近,法皇看了看四周,确认没有人之后,轻声叮嘱道:"这件事切不可告诉任何人。"

"是,皇后怀孕之事还没有……"

"我是说,是我的孩子这事……"

"啊,那是绝对不会……"

"掉了脑袋也不能说啊。"

"绝对不说……乳母们也都非常明白。"

"这是必须严守秘密的,明白吗?"

"是……"

看着深深俯身下拜的内侍,法皇那与其年龄不相符的活力四射的脸上漾出了笑容:"好啊。这样就好。"

望着满意地用力点着头的法皇,内侍放心地退了下去。

内侍退下后,法皇仍然坐在御座里,微合双目,好久才轻轻呼唤:"璋子……"

如果现在璋子在自己眼前的话,真恨不得一把搂住她,吻遍她全身的每一寸来褒奖她。

虽然你嫁给了天皇,但头一个孩子要为我生,这是自己对璋子说过多少遍的愿望。

当然,让璋子嫁给自己的孙子做皇后,是为了让璋子成为天下最有权势的女人。成为天皇之后——中宫的话,便是名副其实的"日本第一女人"了。

若再产下天皇之子的话,将来此子即位后,璋子便以天皇之母的身份,成为"国母"。

无论如何也要让璋子登上这样的峰顶。

这是自己的心愿，也是璋子的愿望。

最终能否实现，自己也没有绝对把握，但是，志在必得正体现了自己的强有力。

这正是令世人皆望其项背的、法皇之所以为法皇之理。

"你说呢？"法皇自问自答着，忽然萌生了一个想法，"如今，还有寡人做不到的事吗？"

法皇想了片刻，忽然想起了比睿山的僧兵。

他们以山谷为掩护，至今滋扰不断，早晚得收拾他们。

一直以来，自己关注兴福寺和熊野过多，无暇顾及比睿山那边，但平息那边的骚乱只是时间问题。

除此之外，还有什么不能随心所欲的呢？思来想去，最后独自苦笑起来。

"是那个吧……"浮现在法皇脑海里的是贺茂川的河流。唯独这条经常泛滥成灾的河流，实难治理。

"其他还有什么……"又思考了一下，法皇即刻点点头，"那就只有双六①的掷骰子了。"

女眷们时常玩双六，法皇偶尔也去凑凑热闹。他想要把拿在手里的有六面数字的骰子，扔出自己想要的数字，可总是不能如愿。

"只有这几样啊……"法皇若有所思地点点头，"现在不能随寡人所愿的只有这三件事了。"

法皇又自问道："你说呢？"然后，得意地呵呵笑了。

"只有这几样啊……"现在不能随吾意的只有"比睿山的僧兵、贺茂川泛滥和双六掷骰子"这三样了。

---

①双六，一种室内游戏，类似棋。二人隔棋盘对坐，将竹筒里的骰子扔出来决定点数，按点数走格子，先进入对方阵地者为胜的游戏。奈良时代前，作为博具从中国传入日本。

既如此,纵然让天皇之后生出我的孩子,也并非不可思议之事。

"璋子……"法皇又一次呼唤道。

刚才想出了三件连自己也奈何不得之事,其实,要说难以办到的话,这件事有过之而无不及。

因为要让璋子怀上自己的孩子,无论自己多么强有力、多么有权势,单靠自己一个人也是无法成就的。

没有璋子这个女人的全力协助便不可能成功。

虽然璋子嫁给了天皇这样拥有最高权位的男人,却怀上了别的男人的孩子。

纵然是十二万分期望,也绝非轻而易举之事。

谁料想,居然大功告成了。

毕竟璋子是个不同凡响的女人。除了她那倾国倾城的美貌与无出其右的贤淑之外,如若没有对自己的绝对的爱,是不可能实现的。

"干得好啊。"法皇再次发出了赞叹。

这些年以来,自己给璋子植入了超越男女之爱的意乱情迷且深不见底的快乐。

无论她心里怎么想,身体都不会背叛。自己给她植入了如此深邃的爱之愉悦后,才让她出嫁的。

这一耕耘已然结出了硕果。

这件事带来的不是单纯的快乐,它超越了世俗意义上的骄傲与虚荣,充分显示了自己的精神和身体的胜利。

"成功了!"法皇自言自语时,脑子里渐渐浮现出了璋子雪白如霜的肉体。

说她是女人,却还残留着少女的影子,纤细而稚嫩。这可爱的肉体初次怀了身孕,安静地躺着。

面对所有前来恭贺皇后怀上龙子的人,怀着其他男人之子的璋子却泰然处之。一想到她那温柔与坚强,法皇禁不住用扇子敲打着凭几,发出誓言:"我来保护你,放心吧。我一定会守护你的!"

不过,这件事不能让任何人知道。即使已经告诉了别人,也是不能够被原谅的。

这是不能被原谅的隐秘之事。

"可是……"法皇盯着空中点着头。

为什么要这样做?这是明摆着的,因为自己喜欢璋子,要让璋子成为这世上最幸福的女人。仅此而已。

法皇缓缓收回视线,倚靠在御座的凭几上自言自语:"爱,就是这般失去理智吧……"

中宫璋子怀孕的消息不胫而走,从宫中传到了贵族们的耳朵里。

这一年,元永元年一月二十六日,举行了璋子立后大典。二月五日,璋子作为中宫入宫以来,已过了近九个月,因此,这个消息对人们来说是顺理成章的。

不言而喻,中宫怀孕是国之大幸,是大喜事,皇宫周边一派喜气洋洋。

这期间,璋子一直避居宫中的弘徽殿,在乳母们的精心侍候下,平静度日。

中宫怀孕五个月后的元永二年(1119),正月五日,在宫内举行了将岩田带[①]缠腹的"御着带仪式"。

当天所用的岩田带是中宫大夫藤原宗通制作的,长达一丈六尺[②],软缎质地。

五日早晨,中宫权大进藤原清隆,赴六角·东洞院的宗通府邸,领

[①] 妊娠第五个月,为保护腹部和胎位而缠于腹部的白布。
[②] 约四点八米。

取收纳腹带的衣盒后,回到宫中,交给中宫权亮藤原实能。

实能将衣盒呈给等候在上御局的皇上和中宫御览之后,还给清隆,清隆将衣盒交给清隆仁和寺僧正宽助,请求加持。

加持之后,衣盒再次被送回昼御座。到了着带时刻,天皇打开包裹,取出腹带,亲自给中宫缠在腹部。

原本岩田带是直接缠绕在孕妇肚皮上的,但此时不能让中宫赤身裸体,所以,天皇只是将腹带从贴身的单衣袖口塞进去,两端系个蝴蝶结摆个样子。

此着带之仪,自古以来便是夫妻间的私密之事,连中宫之母光子也不得在场。

中宫璋子着带后的第三天,中宫的异母兄藤原实行便擢升为从三位,异母兄藤原实隆左近权中将,越过其他参议三人,晋升为权中纳言。

虽说是中宫的外戚,但如此异常的人事变动令人瞠目。不消说,都是法皇的一句话。这盲目的爱情在祈祷中宫安产等修法上也反映出来。

法皇于正月十四日举行安产祈祷,二月十四日举行御佛供养,三月九日再度举行安产祈祷,然后于三月十三日举行每日御佛供养。

此外,三月十五日开始诵经,四月二十七日举行各种祈祷,五月二十六日于石清水八幡举行大般若经供养。

五月十四日,对于还未判决的八十余名轻罪犯人,进行临时大赦,可称得上是一次举国盛宴。毋庸赘言,这一切举措都是为了祈愿中宫安产而采取的。

根据记载,当时女人生产伴随着诸多危险,因此而丧命的女人不在少数。

为此而感到不安的法皇,随着生产日期临近,更加想见到璋子,亲眼看到她身体是否安康。

正月二十六日夜晚,接到法皇的旨意,中宫突然声称要辟邪,从宫内去了里第三条西殿。

与之同时,法皇由正亲町府邸出来,于三条坊门和东洞院大路的路口停下车辇,掀起御帘确认了中宫车队后,也进入了三条西殿。

权中纳言藤原宗忠在日记中也记载有"此事甚为怪异",但这些声音是不可能抵达法皇耳朵的。

继而三月二十九日拂晓,中宫再度以辟邪为由,回到三条西殿,与法皇密会。

不久,四月十五日亥时①,中宫为生产移居三条西殿,见到了来这里帮忙的贵族们。

尔后,于西配殿南边的广厢②,以大夫宗通为中心,宫司们一起议定了中宫生产相关诸仪式的程序。

此时,寝殿里已准备好了产房,是个木制的御帐台,有三张榻榻米大小,四柱是细细的白木,四周围着帐幔。

在正中央的榻榻米上铺着丝绵褥子,枕头朝南,在御帐台四周还铺了宽宽一圈榻榻米,榻榻米周边遮挡着几帐和屏风。

璋子在母亲光子和乳母但马,以及其他女房的看护下在这里待产,五月二十七日夜,中宫开始了阵痛。

接到此报,觉法法亲王、僧正宽助、天台座主仁豪、权僧正行尊等高僧皆聚集到寝殿南厢,加持之声立刻响彻殿内。

与此同时,在三条西殿南庭,佛师法印圆势开始雕刻丈六佛五尊,斧凿之声此起彼伏。

---

①晚上十时左右。
②在屋檐外侧,低于屋檐一些的第二层屋檐下面的走廊。

法皇坐镇东配殿的母屋,指挥事关生产的所有事宜,并再次为祈祷安产,向石清水八幡宫献上马一匹。

中宫是初产,加上有些难产,至夜深时,因提前破水,羊水流出,导致产程拉长。

中宫稍事休息后,到了翌二十八日未时①,突然阵痛加剧。那个时代的产妇都是坐产。

中宫身着白色衣物,倚靠着乳母但马,女房奈津抱住中宫腰部,另一女房助君打下手。

未时前后进入了分娩的第二阶段,中宫痛苦了一段时间,刚一到申时②,便迫不及待似的产下了皇子。

"平安无事了。是一位皇子!"

也许是母亲光子的声音给了璋子勇气,她低下头去,勇敢地亲手剪断皇子的脐带,并立即给婴儿哺乳。

之后,担任乳母的女房甲斐在产房为皇子授乳,藤原忠隆之妻荣子作为新皇子的乳母进宫。

坐镇东配殿的法皇接到皇子诞生的快报后,蓦地站起来,用力点头道:"好啊!"

法皇立刻便要去产房,内侍阻拦道:"请稍候片刻……"等接到已平安授乳的禀报,法皇才去了产房。

法皇穿过外围的榻榻米,掀开帐幔,走了进去,一看到躺在床榻上休息的中宫,法皇喊了一声"璋子……"便坐了下来。

看到法皇,璋子轻轻向后撤了撤上身,给法皇看正衔着乳头的皇

---

①午后二时前后。
②午后三时左右。

子,法皇贴近皇子的小脸,用力点了下头说道:"好啊……"

这正是得偿夙愿的父子见面。

法皇陶醉地久久瞧着皇子,突然清醒过来似的,将视线收回,对中宫低下头说:"辛苦了。"

见法皇亲口对自己致谢,璋子有些惶恐,但只一瞬间,两人便对视着微笑了。

望着他们,中宫的乳母光子和其他乳母们也都会意地微笑了。

新皇子诞生的喜报即刻由中宫亮藤原显隆禀报到宫中。

接到禀报,鸟羽天皇召见中宫权亮藤原实能,将插在螺钿鞘里的野剑①交予他,命他为御剑使,前往新皇子处。

藤原实能按惯例行至天皇面前,恭贺道:"天地同庆,皇子诞生,可喜可贺。"

鸟羽天皇突然扭过脸去,吐出一句:"非寡人之子。"

此话究竟何意?藤原实能正发愣时,鸟羽天皇不快地将插在螺钿鞘里的野剑扔给他:"拿着……"

藤原实能慌忙施礼接过野剑,天皇一甩手走了。

皇子诞生,皇上为何这般冷淡呢?而且还说"非寡人之子",何出此言呢?

不明所以的藤原实能低垂着头,百思莫解,旋即想起自己的御剑使使命,便持剑在手,朝新皇子所在的三条西殿走去。

中宫产后未患上产褥热,身体无恙。

---

① 野外行走时携带的短刀。在此处应象征着日本天皇皇位的三种神器(即草薙剑、八咫镜和八坂琼曲玉,简称"剑、镜、玺")之一。

于是,皇子诞生的翌日,五月二十九日举行了御汤殿仪式①。

三条西殿的寝殿南厢的正中一间里,放置一浴桶,女房从三条殿抱来新皇子,由璋子皇后的姐姐,从三位大纳言典侍藤原实子用热水为皇子沐浴,从二位藤原光子任迎汤②。

中宫的御匣殿手捧护身犀牛角一只和虎头状器物一件,女房高仓殿手捧天皇赐予的野剑置于案上。

此外,少将典侍藤原能子撒米驱邪。大学头③藤原敦光等诵读汉籍中恭祝皇子降生之章节后,由二十名五位和六位官阶的大臣,拉响弓弦驱逐妖魔。

这一系列伴随生产而举行的仪式中,最为特异的乃是法皇亲临御汤殿仪式,指挥所有仪式。

这种现象即便是当年法皇的中宫贤子初产时,也未曾有过,实在是异乎寻常。

到了六月七日,七濑祓使④启程前往七大江河湖海,法胜寺及兴福寺僧徒为恭贺皇子诞生,前来拜见中宫。

六月十九日,新皇子被授予"显仁"之名,同时被封为亲王,并任命家司。

此一应仪式,皆由自法皇一手操办,而新皇子名义上的父亲鸟羽天皇全不知晓,也不曾过问。

---

① "御汤殿"指贵族府邸里设置的烧开水处,而"御汤殿仪式"特指婴儿诞生后,立即以产汤为婴儿沐浴、授乳、鸣响弓弦驱邪等的仪式。

② 辅佐沐浴者。

③ 大学寮的最高官职。

④ 宫中每月为了大吉大利而行的阴阳道之祓。天皇派出七名敕使赴"贺茂七濑",即当时的七条江河,放流偶人。

第九章　缠绵夜床

中宫璋子产后仍住在白河法皇居住的三条西殿里。

法皇住东配殿,中宫住寝殿,小皇子住西配殿。

按当时惯例,由生母中宫璋子为小皇子授乳。

从乳母们的挑选、裁定,直到与养育小皇子相关的一应事宜,均为法皇亲自下旨,一手操办。

新皇子显仁亲王诞生五十天庆典,即"御五十日典礼",七月二十一日,于土御门皇宫内举行。

此乃婴儿含饼仪式,为此,中宫和新皇子需提前一天,即七月二十日进宫。

然此前的十九日,法皇突然从东配殿前往中宫住的寝殿,两人单独待了一段时间。

据源师时当时的记录:

上皇驾临中宫寝殿,数刻,左右未闻声。

此文按字面翻译过来,即"法皇去了中宫那里,然后几个小时,身边侍奉者什么声音也没有听到"之意。

想来作者毕竟不敢写得过于具体。但可推测得出,此间他们是在偷欢。

此事被记载下来,说明他们的关系已是尽人皆知的秘密了。

七月二十日,中宫由东门出来,前往土御门皇宫。

紧随其后,新皇子也与祖母从二位光子同乘法皇的唐车出了东门。

跟在他们后面的是上达部和殿上人等的车子,这一长串富丽华美的车辇引得路人无不驻足观瞧。

几乎是同时,法皇的车辇也由三条西殿出来,于二条和东洞院路口守望中宫一行入宫后,才进入附近的正亲町府邸。

二十一日,新皇子名义上的父亲鸟羽天皇亲临承香殿,举行了小皇子诞生五十天的盛大庆典。

此仪式举办得空前奢华,源师时曾惊叹:"今日仪式之奢靡,纸上难以尽书。天下奇珍消耗过半。"

然而,法皇对小皇子的爱并无止境。

小皇子的百日庆典时,法皇也下达了一系列指令,同时命人准备赴熊野参拜。

法皇为赴熊野参拜,开始斋戒之前的八月末,中宫曾多次出入法皇所在的正亲町府邸和三条西殿。

第一次是元永二年(1119)八月二十五日傍晚,中宫和小皇子一同前往正亲町府邸,住了四天,于二十九日傍晚,和小皇子一起回宫。

此后,法皇启程去熊野,十月十五日平安回京。

十七日清早,法皇从鸟羽殿前往三条西殿。当天傍晚时分,中宫也从宫中出来,进入法皇等候的三条西殿。法皇和中宫在此一起度过了二十天。

中宫回宫之日一早开始下雨,法皇仍然于姐小路·东洞院岔路口目送中宫一行。

过了不到半个月,十一月二十二日,中宫以辟邪为由,从宫中出来,再次进入法皇等候的三条西殿,在此共度了二十余天。

不久,进入保元元年(1120),正月二十二日傍晚,中宫和小皇子一同从宫中出来,进入法皇所在的三条西殿。

二月二日,鸟羽天皇驾临三条西殿觐见法皇。

形式上天皇是应法皇之邀前来拜访,但天皇仅仅问候了法皇,便起驾回宫,并未与同在该殿的中宫见面。

而中宫继续留在三条西殿,直到八天后的二月十日才终于回宫。法皇照例来到姐小路·东洞院路口,目送中宫一行。

翌月,三月十九日深夜,中宫忽称感冒,由宫中乘坐牛拉车辇前往正亲町府邸。

二十日开始,中宫接受权僧正·行尊的加持,待感冒治愈后,于翌日二十一日傍晚,由正亲町府邸移居法皇所在的三条西殿。

但中宫的感冒并未痊愈,故念诵了五坛法、七药师佛法、六字经法等。诵经过后,中宫继续在三条西殿逗留了一月有余,四月二十四日傍晚方才回宫。

继而,同年七月一日夜晚,中宫由土御门皇宫北配殿出行,和法皇相约同时进入了三条西殿,二人单独度过了一个月。

九月五日夜晚,中宫再度由宫中进入三条西殿,而法皇八日赴日吉神社参拜之后,也移驾三条西殿,两人在一起过了十五天。

十一月七日傍晚,中宫再度进入三条西殿。几乎前后脚,由熊野返回京都的法皇,也于十二日早晨驾临三条西殿,和中宫一起在三条西殿居住了一月有余。中宫回宫时,法皇照旧从御殿出来目送中宫车辇,直至看不见为止。

此后,十二月二十九日晚,中宫以辟邪为由,前往法皇所在的三条西殿,共度一夜良宵。

根据有记录可查的史实来看,中宫总是在三条西殿或正亲町府邸与法皇相会,共度时光。

法皇平日虽不断变换御所,但中宫出宫之日,必定赶往中宫下榻的御殿,或先到该处等候,尽享幽会之乐。

如此大胆而公然的频频约会,即便以辟邪或感冒为理由,他们之间非同寻常的亲密关系也早已不是秘密。

权中纳言藤原宗忠就曾在自己的日记《中右记》里,以讥讽的口吻写道:"隐秘不言,亦不问,权作不知。"

不过,关于中宫璋子出宫后,进入法皇等候的御殿的日期,已故角田文卫氏进行过饶有兴味的调查。

通过对两人约会的日期进行调查,他首先发现,中宫生理期间必定住在宫中,一次也未回过里第。

相反,中宫从宫中出来,进入法皇等候的御殿时,几乎都是生理期结束之后或翌日。

以保安元年十二月为例,中宫二十一日回到土御门皇宫后不久,便来了月事。同月二十九日月事刚刚结束,便以辟邪为由,前往法皇等候的三条西殿。

平安时代,月事乃最为忌讳之污秽事,因而,此期间后妃应回里第休养。

中宫却恰恰相反,月事时住在宫中,一结束便马上出宫,去和法皇秘密约会。

虽说如此，法皇不可能连这些细节都要一一过问。

璋子身体健康，虽然知道自己的月事间隔当在二十八天左右，但具体起始结束之日，也未能确切把握。

在此事上起到重要作用的是中宫身边侍候的乳母和女房们，她们从中宫那里详细了解其月事情况后，与大纳言内侍取得联系，确定约会时间。

由以上事实可知，他们的约会并非只是璋子被动地听命于专制君主法皇，她本身也盼望着和法皇见面。

可谓是相思相爱的情侣幽会，而且，璋子每次出宫回宫之时，无论是烈日当头，还是数九寒天，法皇必定去附近路口迎接和目送璋子的车队，对于已六十过半的法皇而言，实在不是寻常的体力消耗。

可法皇却从不懈怠，此脉脉温情谁人可比，此深深眷爱天地可鉴。

话虽如此，中宫璋子生产后，几乎很少回到宫里，安安静静休养过。

这也是法皇的愿望。中宫生产后的两个月内，母子都住在法皇所在的三条西殿内。

两个月后，璋子和皇子都健康地回了宫，但没过多久，又被法皇召唤了出来。

因此，年轻气盛的皇上自然会感到寂寞难耐了。

况且，无论真假，天皇也是新亲王的父亲啊。

且不论皇上身边的女房们，就连中宫的生母，从二位光子及其他乳母，对于璋子皇后无所顾忌的行为也深感担忧。

可是，一想到璋子背后有法皇，她们便无法对她说出规诫的话来。

虽说是任性，却不能说只是璋子一个人任性。

既然事已至此，她们唯有一心祈祷，但愿璋子皇后能够尽力抚慰皇上,平息皇上的怨气了。

其实,鸟羽天皇对于自己的皇后璋子和法皇之间的关系不可能毫不知晓。

当小皇子出生的时候,天皇曾不快地放言"非寡人之子",也是因为知道璋子从很早以前开始,甚至成为中宫以后,一直都和法皇有着很深的关系。

当然,得知此事时,皇上因蒙受奇耻大辱而怒不可遏,恨不得狂喊乱叫一通来发泄愤懑。甚至因憎恨祖父法皇,想过要舍弃皇位。

可事到如今,即使愤怒、反抗,又能怎样呢?

说来说去,既然让自己登上皇位的是法皇,也只能忍气吞声了。

虽说鸟羽天皇只有十七岁,却具备这般通晓世故的气量和忍耐力。

话虽如此,妻子中宫动辄便带全班侍者若无其事地出宫,外宿几日乃至近个把月不回宫,也实在太任性了。

每次出宫之前,中宫虽然会告知皇上,却只是差遣女房来禀报。

皇上自然明白中宫是去法皇等候的御殿了。

身为妻子的璋子到底把丈夫摆在什么位置呢?

璋子不但已经生了祖父法皇的孩子,至今还隔三岔五去和法皇约会,璋子也好,法皇也罢,简直不知廉耻为何物。

每当璋子出宫之际,皇上都怒火万丈,焦躁烦闷。

而且,一忍再忍了数日后,终于盼得妻子回宫,却又声称月信不予接纳。

"把寡人当成什么了?不管你们怎么说,寡人也是一国之君啊!"皇上在心中呼喊着,恨不得痛骂璋子一顿,可一见到璋子,熊熊怒火便立刻熄灭,心情自然平和下来,这究竟是何缘故?

其实,现在皇上身边并非没有其他女人。

皇上过了年便十八岁了,正是男子性欲最为旺盛的年龄。

就连乳母们也看不下去,所以只要皇上提出来,她们便会挑选适合的女性来侍寝的。

但是,皇上却总觉得不能获得满足。临幸了其他女人,可解决一时之急,事后却备感空虚。

只有在和璋子结合时,他才能感受到作为男子汉和女人交媾的充实感。

唯有此时,才会真正感觉自己是个男人。这种内心的亢奋究竟来自何处呢?

皇上无意去问身边的乳母和女房,问她们也解答不了。

转眼到了秋意盎然的九月末,中宫璋子在三条西殿和法皇一起度过近半个月后,回到宫中,在弘徽殿歇息。

突然,皇上命中宫去见他,中宫回复:"知道了。"于亥时去了皇上御殿。

皇上已在独自饮酒,心情颇好。

"你回来了。"

"是。好久未侍候皇上,妾身失礼了。"璋子恭顺地低下头。

皇上自斟一杯酒,递过来:"喝点尝尝。"

原本璋子就会喝酒,只因侍寝之夜,不敢早早饮酒。

璋子只轻含一口酒,便放下了酒盅,皇上又要给她斟酒,璋子婉拒,皇上不悦地说:"难道说我斟的酒,你喝不了吗?"

见皇上喝得酡颜醉态,故意使性子,璋子便举杯把酒喝干了。皇上见了,立刻点头道:"很好,这样就好。"

璋子正要给皇上斟酒时,皇上顺势紧紧抓住她伸过来的手,站了起来。

"现在吗?请稍微……"

"不行……"皇上现在就要叫璋子到铺好床的涂笼里去。

"这么急……"

皇上虽然瘦了一些,但个头已与成人无异。

被皇上有力的手拉着,璋子只好进了涂笼。几帐前面宽宽的榻榻米上已铺就两床厚厚的被褥。

"快点!"皇上迅速脱去了直衣,璋子仍穿着单衣,没有脱掉。

"来人……"皇上要喊人,女房即便闻声而来,也会十分为难。

"知道了。"到了这个地步,痛快地自己脱衣服是最明智的。

璋子用眼神安抚着皇上,自己脱去单衣,挂在服饰架上,然后脱去绯袴①,只剩下了一件白色单衣。

此时,早已躺在床上的皇上,目不转睛地瞧着璋子脱衣服。活脱脱一个耍赖皮的顽童。

璋子无奈地刚要掀起被头,皇上突然伸出手,把她拽进被子里。

对急不可耐的皇上,璋子也只有顺从了。

现在只有接纳皇上一条路了。璋子横下心来,刚一躺下,便被皇上的两只胳膊紧紧箍住,气都喘不得了。

"想死我了!"璋子只觉得耳畔一股热乎乎的气息,不由得一缩脖子,此时皇上的手已经硬邦邦地伸向了她的下身。

"不行……"她慌忙摇头,推开皇上的手,小声道,"今天是月信……"

"什么?"皇上猛然坐起来,脸对脸盯着璋子,"怎么又赶上了……"

"对不起。"璋子躺着没动,垂下眼睛。

上次璋子回宫时就碰上了,今天又不行,也难怪皇上生气。

---

①绯红色裤裙。

可是,这种时候接纳皇上,实在是污秽难当。

"请皇上原谅……"

"不行!"

"可是……"

"不行!"

此时的皇上简直就是个撒娇的幼童。

不得已,璋子轻轻道:"我来帮你吧……"说着将自己的手伸向皇上的下体,皇上立刻察觉了。

见皇上马上安静了,璋子便慢慢屈下身来,伸手触摸到了那里。

上次因月事而不能接纳皇上时,璋子也是用自己的手安慰皇上的。

其实,这一招还是法皇手把手教的。后来,每当法皇有此要求,璋子便会依命而行,渐渐就学会了。

现在,只有靠这个法子来讨皇上欢心了。

璋子再一次用手包裹住了皇上的男根,它已然青筋怒张,可知等得多么心焦了。与法皇的相比,皇上的更加坚挺、更加温热。

璋子用手指温柔地包裹住它,先是缓慢的,逐渐加快速度摩擦起来,眨眼间,它就鼓胀起来,眼看要绽裂了。

璋子仍然继续摩擦着,皇上挺起了上身,随着"啊……"的一声叫唤,一泻而出。

璋子马上用事先准备好的绸子覆盖其上,然后用两手温柔地包裹住它。

第一次知道男人会因此得到释放是在五年前,璋子十五岁的时候。

从那以后,不知在法皇的要求下,为他做过多少次了。每次法皇都会夸赞"真舒服啊""无人能超过你",甚至还说过"谢谢"。

璋子却觉得被法皇这么夸赞很是莫名其妙。

用自己的手摩擦几下,让男人达到高潮,再简单不过了。

当然,只有为喜欢的男人,自己才能做到,而法皇正是比任何人都爱自己、给予了自己这世上一切荣华富贵的男人。

如果这样做能够让他快乐,就没有比这更令人愉快的逸乐之事了。

其实,璋子从来没有觉得这种举动有什么不洁。

奇怪的是,现在为皇上这么做时,璋子也不感觉勉为其难,甚至希望能够使出浑身解数,让皇上满足。

皇上比自己小两岁,却是自己的丈夫,是这个世界上地位最高的皇上。

无论怎么说,自己靠着皇上成了中宫,以后还会成为国母。

虽然不知道皇上对自己和法皇的事是怎么想的,但现在,皇上对自己并未怀有恶意或轻蔑。

只要能使皇上高兴,有什么不可以做的呢?

如果仅仅摩擦自己手里这个天真无邪的东西,就能使皇上这般愉快欢悦,那么无论多少次,自己都愿意做。

而经过自己的疏导,登上了快乐峰顶的皇上仿佛将浑身气力都释放完了似的。

刚才还凶猛狂躁的野兽,现在温顺得像猫仔一样。

这令人难以置信的突变,说明无论法皇还是皇上,所有男人在这一点上都是共通的。

既然如此,那么就将皇上再一次引诱到快乐的顶点吧。

璋子脑海里浮现出了一个恶作剧般的主意。

这个法子曾经使法皇快乐得近乎疯狂,想必皇上也不会不如此的。

今晚索性尝试一下,皇上一定会加倍快乐、加倍满足的。

主意已定,璋子慢慢抬起上身,轻轻伏在皇上胸前。

皇上觉察到璋子的动静,慌忙抱住了她。

璋子任凭皇上搂抱了半晌后,再次伸手去触摸皇上的下体,轻声问道:"皇上感觉疲劳吗?"

"没有……"

璋子觉察到皇上轻轻摇摇头,似乎在微笑。

于是,她再次躬下身,逐渐接近了皇上的胯下。

"你要干什么?"

璋子没有回答,再次捕捉到了那个东西,由于刚刚释放不久,还是软绵绵的。

璋子一边爱怜地抚摸着它,一边埋下头去,不经意似的突然用嘴唇轻轻衔住了它。

一瞬间,皇上"啊……"地叫了一声。

皇上毕竟年轻,比起法皇来,恢复得更快一些。

"啊,啊,啊……"皇上吃惊得只顾叫个不停。

对皇上来说,哪里体验过如此淫乐之事啊。

说起来,璋子近一个月没在宫中,现在好容易回来了,却因为月事不能接纳皇上。让皇上再等待好几天,未免太残酷了。

作为力所能及的一种补偿,这样做如能使皇上满足,那就再好不过了。

"请皇上再痛快一次吧。"璋子心里暗自祈祷着,拼命爱抚着,直到皇上大声叫起来:"不行了,忍不住了……"

听到这分不清是愉悦还是呜咽的叫声,璋子迅速松开了口,用白绸布轻轻地包裹住它,并温柔地握紧它,直到皇上渐渐安静下来才抬起身来。

突然,皇上猛地全身紧贴着璋子,额头抵在璋子胸前,喃喃道:"这是第一次……"

看样子,皇上对刚才的一切大为震撼,真真切切品尝到了登峰造极的快感。

"太好了……"皇上还在感叹着。

看皇上现在的情形,今晚应该不会再纠缠自己了。

璋子重新给皇上盖好被子,轻轻拍了拍皇上的后背,让他安睡。

第十章　继承皇位

新年过后,保安二年(1121)春天,法皇六十九岁,中宫璋子二十一岁,鸟羽天皇十九岁了。

从这一时期起,法皇由自己居住的正亲町府邸前往三条西殿的时间多了起来。

三条西殿曾是璋子居住的里第,因而,璋子去见法皇时,由宫中去三条西殿,就像是回到熟悉的地方,两人在此处得以完全放松身心,享受幽会乐趣。

此时法皇虽然六十九岁,仍然精力旺盛,老当益壮。

虽说法皇最宠爱的是璋子,但每当中宫不能回里第时,法皇便会在祇园女御、贺茂女御等几位妃子及女房们的簇拥下,游玩取乐。

因祇园女御是璋子的养母,所以尽管是形式上的,也等于法皇与母女两人有关系。

从表面上看,法皇拥有璋子及诸多粉黛,却是对璋子情有独钟。

这些妃子之中,对于法皇来说,璋子自幼成为自己的养女,少女时委身于自己,成为自己最爱恋的女人,因此她是任何女人都无法取代的弥足珍贵的女人。

身边无论有多少佳丽,都不过是与璋子分开期间聊作慰藉而已。

对此,天资聪颖的璋子自然心中有数,即便不能和法皇相见,亦无须担忧。况且,见不到的时候,魂牵梦萦,思念若渴,更加深了彼此的爱情。

总之,到了这一时期,两人之间的情感依然炙热如初,以至于令身边的侍从们都为之惊讶。

另一方面,鸟羽天皇和中宫璋子的关系也并非剑拔弩张。

皇上对于进入新的年头后仍频繁回娘家的璋子,自然还是心怀不悦,满腹怨气。

既然已经生了皇子,按理该收敛一些,像个当中宫的样子,老实本分地待在宫里才是。

与皇上所望恰恰相反,璋子非但不见收敛,反而愈加频繁而堂而皇之地出宫了。

"照此下去,寡人也册立新女御、更衣好了。"焦躁不安的皇上暗自盘算,却又迟迟下不了决心付诸实行。

使皇上犹豫不决、优柔寡断的,依然是对年纪大于他的中宫璋子的敬畏和爱恋。

四月八日的灌佛会①之夜,皇上也在等候璋子回宫。

这一天,在宫中的清凉殿举行了庆祝释迦牟尼诞生的降诞法会。

据说释迦诞生时,祥龙吐出清净之水,喷洒到释迦身上。因此,降诞法会举行的仪式,即是向模仿释迦诞生姿态的佛像礼拜,浇灌

---

① 日本寺院为祝贺释迦牟尼佛诞生而举办的法会,以甘茶(用土常山叶泡的茶)灌洗安置在花佛堂的释迦牟尼诞生像。亦称为浴佛节。

香水①。

释迦诞生时走了七步后,右手指着天,左手指着地,说出"天上天下,唯我独尊"。这尊右手指天、左手指地的佛像表现的即是此意。

顺便说一下,这一庆典,今天仍在一些寺院里举行,一般称作"花祭"。

上溯七天,即四月一日,是"更衣日"②,将冬装换成夏装的同时,也更换各种家用器具和摆设。

当夜,亥时③一到,出现在皇上御座前的中宫璋子,身着萌黄色的唐衣,映衬着白皙姣好的面庞,浑身洋溢着初夏飒爽的风情。

已经换上轻便直衣的皇上,"噢"地发出欢喜之声,迎接璋子入座。

等候璋子时,皇上一向是略饮薄酒,来压抑兴奋的心情,今宵亦然,早在一刻之前就开始饮酒了。

"你也喝一点吧?"皇上说罢便要倒酒。

璋子虽不敢怠慢,无奈穿着行动不便的唐衣,弯不下身来拿酒盅。

"还是先把它脱了,再喝吧。"

今晚确实比较暖和,而且,下面只剩下陪伴皇上休息了。

璋子顺从地站起来,叫来女房,一件件脱去袿衣后,身上只剩下一件单衣。

"这样好,这样更温柔妩媚了。"也许是期盼已久之故,今夜皇上的话格外多,"慢慢地喝吧。"

尽管皇上拿着扇子不住地扇着胸脯,但不胜酒力的他脸上已经微微泛红了。

---

①供奉于佛前的水。
②在这天换上夏装。衣食用物也全部换成夏天的制式。
③晚上十时左右。

望着皇上红扑扑的面庞,璋子细声细气地抚慰道:"今日庆典烦冗,皇上劳累了。"

灌佛会上,璋子只是端坐于上座,皇上却须频繁接受众多僧人和公卿的礼拜,并反复念诵"南无阿弥陀佛"。

"实在烦琐之极,不堪其累。"

"皇上切莫这样说……"

听到璋子劝阻,皇上便撒娇般诉说道:"天皇,就是为这些仪式而存在的。"

天皇虽然君临国家最高权位,可一旦坐上这个位置,每天的时间几乎都耗费在皇宫里举行的各种庆典或仪式上。

比起这些庆典来,十九岁的天皇更想要掌管国家政事,但现实是,这些实权都掌控在白河法皇手里。

当然,天皇并非现在就想要从祖父法皇手里得到实权,但对这些繁缛的礼仪和典礼极其厌倦则是事实。

"僧人诵经之声犹在耳边萦绕啊。"

"皇上这样说的话……"璋子虽然这样劝慰,却十分理解皇上的心情。

才十九岁的血气方刚的皇上,对这一套宫中烦冗不堪的典仪感到厌烦也是难免的。

"今天晚上,可以了吧?"皇上轻轻伸出手握住了璋子的手。

"是……"

三天前侍寝时,璋子因月信而拒绝了皇上,今晚终于干净了。

"太好了,我真高兴。"

听到皇上直言相告,璋子的心情也受到感染,恬静地微笑了。

"那就歇息吧。"早已等不及似的,皇上握着璋子的手,站了起来。

"对不起,请皇上稍等片刻。"

即便被皇上催促,璋子也要先脱去单衣,再说还要顾及女房们。

璋子先看了看四下,然后又摸了摸涂笼里的被褥。

"快一点……"被初夏之夜温暖的舒适感撩拨着,皇上已脱去了单衣。

璋子慢慢躺了下来后,被皇上猛地一下抱住了。

璋子不禁"哎呀……"了一声,皇上不管不顾地将整个身子压了上来,倾诉道:"想死我了!"

皇上的做爱方式狂猛而激烈,从来没有像法皇那样耐心细腻地、温柔体贴地进行过爱抚。

现在,皇上也是直接伸手去摸那隐秘之所,急欲达到目的。

"请等等……"璋子主动贴上去跟皇上接吻,以求使皇上减缓下来。

仿佛刚刚意识到似的,皇上也跟璋子接起吻来,但仍然心急火燎地往下伸手。

"不要这样……"同时璋子也紧紧握住了皇上的男根,以传达不要这样急切的意思。

她的手指所及之处青筋凸起,表明皇上早已箭在弦上了。

"快点!"皇上不停催促着。

璋子这才终于开放了身体,皇上迫不及待地一气贯入。

皇上不是像法皇那样确认璋子的私处湿润之后,才缓慢地进入,而是像个顽童般不管不顾地横冲直撞。不过,近来璋子对这种狂猛鲁莽并不那么反感了。虽感觉有些粗暴,只图男人自己舒服,然而那炽热的力度,有时会将自己身体深处的欲火瞬间点燃。

"难道自己可以这样吗……"近来,璋子为自己的身体变化而惊诧不已。

多年来,在法皇的爱抚下,璋子感受到了使她销魂的性快感。她一直相信,能够如此浸泡在快乐之中,正是拜法皇所赐,并满足于此。

她早已认定除了法皇以外,其他男人都不能够给自己带来性的满足。

可是,现在竟然顺顺当当地接纳了法皇以外的男人,而且对方与法皇迥然不同,没有丝毫的温情与技巧。尽管是个只知道以激烈单调的动作进攻她的男人,她依然获得了满足感。

"我的身体,怎么变成这样了?"每次和皇上交合时,璋子都深感困惑,可怎么也想不明白。只有一点可以肯定,自己的身体似乎淫荡而贪婪得连自己都无法相信。

这娇小玲珑而柔软美妙的肉体,竟这般来者不拒。

"难道可以这样吗……"璋子无数次问过自己这个问题,却不得解答。

近来,璋子突然想到,或许思念和爱恋法皇和皇上两个男人,是上苍赋予自己这个女人的宿命吧。

这种关系虽颇为异常,却使得法皇和皇上之间相安无事。

而且,自己现在的幸福或许也借此得以确保。

只要想明白这一点,便可获得身心的安宁。

"啊……"此时,从身体深处喷涌上来的满足感,使璋子忍不住发出了召唤,"给我……"

早就急不可耐地等着这句话的皇上,叫了声:"不行了……"

仿佛被皇上的叫声诱惑着,璋子也渐入佳境。

这一年年末,中宫璋子第二次受孕,翌年六月二十七日,产下了第一位皇女。

继显仁亲王之后的这第二子,究竟是法皇之子呢,还是天皇之嗣呢? 连大纳言内侍和乳母也搞不清楚,但璋子心里有数。

"这个孩子也是法皇的。"这是只有做母亲的才能体会到的感觉,不过也没有必要特意禀明法皇。

如果法皇问起此事,璋子自然会告知的,但法皇什么也没有问,大概能够断定是自己的孩子吧。

法皇更为重视的倒是为中宫安产而举行的各种祈祷,盛大得令人感激涕零,比显仁亲王出生时有过之而无不及。

首先,进入妊娠第七个月时,即保安四年(1123)正月,法皇下令制作的三十万座高五寸①的木塔建成,二十三日,于法胜寺隆重举行供养仪式,祈祷中宫安产。

供养当日,法务大僧正宽助担任导师,舞乐齐鸣,被誉为"前所未有的法会"。当然,法会耗费了庞大的金钱,但这些并不在法皇的考虑范围之内。

接着于五月十四日,法皇又在三条西殿修七佛药师法,祈祷中宫安产。

到了六月二十七日这一天,璋子平安产下一个女婴,而法皇对此女的关爱也是非比寻常。

首先,刚一落生,法皇便即刻为此皇女起名"禧子";生后五十六天,即八月二十三日,禧子内亲王接到了封为"准后"的宣旨。

所谓"准后",意味着拥有可以享受与太皇太后、皇太后、皇后三后相等的待遇。

生后不满六十天的婴儿获得"准后"待遇是史无前例的,即便是法皇最宠爱的皇女媞子内亲王②,也是三岁时才得到的。

由此可见,称得上是绝无仅有的待遇,璋子再次感受到了法皇的

---

①约十五厘米。
②郁芳门院。

慈爱之深厚。

与法皇相比,皇上的态度则是完全不同的。

从中宫妊娠开始到安产祈祷等一系列祈祷活动,皇上从未光临过。就连隆重的供养仪式,皇上也都漠不关心地一直待在宫里不出门。

得到皇女安产禀报时,皇上只是默默点点头,没有一句询问孩子安康的话。及至内亲王生后五十六天,就被赐予"准后"待遇时,皇上也没有流露出任何关切。

第一皇子显仁亲王诞生时,皇上曾明显表露了"不是寡人之子"的不快之念,而此次连一句话都没有,一直采取与己无关的态度。

皇上和璋子虽说是新皇女形式上的父亲和母亲,两人之间却从没有谈论过此女。

虽然禧子内亲王诞生前后,白河法皇倾注了无微不至的关爱,但更让法皇关切的,怀着一日三秋之念盼望其早日长大成人的,则是显仁亲王。

亲王名义上是鸟羽天皇的第一皇子,即法皇的曾孙,而实际上,则是法皇晚年与中宫璋子所生的最心爱的皇子。

因此,法皇命中宫璋子每次来见他时,务必要携显仁亲王一起前来。一见到亲王,法皇立刻把他抱到怀里,跟他说这说那,还亲自给他拿好吃的东西。

御殿里举办宫廷舞乐或雅乐之际,法皇也必定让皇子陪伴。贺茂之祭[①]时,也带着皇子出行,让他观看各种行进表演,还不停地给这个

[①]阴历四月中的酉日,于京都贺茂神社举行的祭典。是京都具有代表性的祭礼之一。是日,神社、衣冠、牛车等都饰以葵花,家中也都悬挂葵花,故而又称"葵祭"。与秋天举行的石清水放生会,即"南祭"相对,称为"北祭"。

尚不懂事的孩童讲解。

目睹此情此景,中纳言藤原宗忠写了"太上法皇驾临,千载一遇之秋",以表祝贺之意。

不过,法皇最为担忧的还是这位皇子的未来。

尤其是越临近古稀之年,法皇的不安和焦虑也与日俱增。

无论如何要趁着自己健在之时,让此子拥有牢靠的地位。

为此,首要之举是立此子为皇太子,尽早让他登上皇位。

一旦有了这个念头,法皇就必须付诸实施。

于是,保安四年(1123)正月,法皇决定立刚刚五岁的显仁亲王为皇太子。

仅如此法皇仍然不放心,万一显仁亲王还是皇太子之时,自己有什么不测,皇太子难保不会被逼退位。

因此及早让皇太子登上皇位才是上策。

打定主意后,正月二十日,法皇首先召见鸟羽天皇,要求天皇退位。

此时,鸟羽天皇年仅二十一岁。因事情来得太突然,天皇惊骇不已,然而,法皇权威赫赫,无人能够拂逆。

被法皇勒令"你退位吧",天皇也只好唯唯诺诺,让出皇位。

今后自己的命运将会如何?天皇越想脑子里越是混乱,暂且向法皇告退。

当晚,鸟羽天皇一回到宫里,立即将中宫璋子叫到御座来。

"大事不好了!"一见到璋子,皇上劈头说道。

看着惊慌失措的皇上,璋子镇静地问:"发生什么事了?"

"法皇说,要我让位给太子。"见璋子沉默不语,皇上用力摇着脑袋,说,"为了让那个孩子当皇上……真是难以置信!万没想到会是这样……"

"请皇上轻声一些。"璋子再次环顾四周,确认没有女房们在侧旁之后,压低嗓音说,"恭喜皇上。"

"你说什么?"皇上不禁反问。

璋子平静地微笑着说:"这样皇上不就可以脱离无聊的皇位了吗?"

的确如此。皇上总是诉说一年到头都要出席无聊的庆典,一刻也得不到安宁,希望拥有自己自由自在的生活。璋子的意思是,皇上这一愿望,现在不是终于可以实现了吗?

"可是,丢了皇位,我可怎么办哪?"

"皇上尽可放心。"

"你说什么?可以放心?"

"能成为上皇啊,不是很好吗?"

虽说按照惯例,天皇退位之后便成为上皇,但也因此而丧失所有权力。无论怎么说,也不如在皇位上风光。

天皇正心神不定地冥思苦想,璋子以郑重的口吻说道:"法皇成了上皇之后,依然建立了牢固的根基,握有绝对的权力,所以……"

皇上听到这里,不由抬起头来,璋子继续开导道:"现在皇上要对法皇一切顺从,以待时机。若能够静静等待,说不定有朝一日能得到法皇认可,将法皇现在的地位让给皇上。"

"让给我吗……"

"是的。皇上还年轻,而且法皇也只有皇上一人可以托付。"

果真能够实现,自己将会继承莫大的权力。

皇上压抑着兴奋的心情,叮问道:"真的会吗……"

"有机会,我也会跟法皇这样请求的。"

璋子这番话真是有胆有识啊。皇上不由得再次仰视璋子,也难怪,璋子也是与法皇交情最深的女人啊。

对于将权倾天下的祖父法皇之爱集于一身的女人而言,这区区小事,自然不足为虑了。

"果能如愿,便谢天谢地了。"皇上一心想要抓住救命稻草,直勾勾地瞧着璋子,"拜托你了!"皇上不由得低头致谢,同时,内心再次感受到了法皇和自己与中宫之间不可思议的关系。

迄今为止,自己一直对他们之间的不正当关系耿耿于怀,但今后,恐怕正是这一纽带成了救自己命的关键。

皇上使劲点点头,发出了一声叹息。

保安四年正月二十八日,刚过"着袴"仪式的五岁的显仁亲王成了皇太子,并于即日继承了皇位。

这位新天皇即是后来的崇德天皇①。

鸟羽天皇让位之所,在位于土御门大路南、乌丸小路西的土御门皇宫内。

当日,皇太子显仁亲王以里内裏②的东配殿为御殿,在此接受头中将中纳言藤原宗忠奉持的御剑和左近卫中将藤原成通奉持的勾玉③登上皇位。

就这样,璋子所生的皇子成为天皇,中宫璋子成为国母。

同一天,鸟羽天皇成为上皇。

二月二日,依照让位的天皇不能继续居住在皇宫里的规矩,鸟羽

---

①崇德天皇(1119—1164),日本第七十五代天皇,名显仁,鸟羽天皇的皇长子,1123至1141年在位。

②土御门皇宫。

③象征着日本天皇皇位的三种神器(即草薙剑、八咫镜和八坂琼曲玉)之一的钩状玉器,据说起源于绳纹时代以动物的犬齿为装饰品。

上皇从土御门皇宫移居三条西殿。

在三条西殿,寝殿为法皇御座,西配殿乃中宫出宫回娘家时下榻之处,因此鸟羽上皇暂时住在东配殿。

但十一天后的二月十三日,鸟羽上皇移居白河殿,暂定此处为御所。

二月十九日,新天皇即位大典于太极殿盛大举行。

当日,因天皇年幼,中宫璋子和天皇同乘一辆凤辇,由土御门皇宫出来,前往太极殿。

进入太极殿内的中宫,牵着天皇的手登上高御座[①]坐下,盛典由此开始。

此时的中宫璋子头戴银钗,身着双层朱红色织锦唐衣,腰系白色绫罗裳,手持一把银扇。

按照惯例,法皇和上皇不能出席大典,因此,两院同时在大内的上东门前停下车辇,御览由太极殿还驾的天皇和中宫的行幸队列。

法皇和上皇的车子并排朝同一个方向,看上去两位都非常和睦地祝贺新君即位。

[①]即天皇的御座。安置于太极殿或紫宸殿内。是皇室举行登基、退位、修法及各类朝贺等仪式的地方。

第十一章　三人三样

天治元年（1114）正月，白河法皇七十二岁，鸟羽上皇二十二岁，中宫璋子二十四岁了。

这一年的闰二月十二日是阳历四月四日，京城里的樱花已烂漫盛开。

法皇和上皇两院为赏樱，御驾位于鸭川东边的白河殿的法胜寺，中宫也驾临法胜寺。此外，还有摄政藤原忠通、太政大臣源雅实等上达部或殿上人等随同前往。

此时，最亮丽的一道风景要数跟随在中宫御辇后面的女房车队，她们穿的织锦衣裳镶嵌着金丝银线，熠熠闪烁，尤其是三条局和美浓局的衣裳在春日艳阳的辉映下，异彩纷呈，让人眼花缭乱，目不暇接。

赏樱之后，两院和中宫进入白河南殿，在此召开春宴。

春宴以雅乐开场，伴随着悠扬的雅乐之声，宫人翩翩起舞，接下来是赛歌会，最后酒宴开始。

席间，白河法皇和鸟羽上皇、中宫璋子都心情畅快，不时喁喁交谈，笑逐颜开，三人三样姿态，均表现得十分和睦友好。

赛歌会上，中宫的女房兵卫[①]吟咏了下面这首和歌：

樱花绚烂犹盛世，千秋万代映白河。

此歌大意是：若能够实现的话，真期望这些灿烂无比的樱花之美色，永不谢落地辉映在白河之水里。

正如此歌所描绘的那样，值此春光明媚之日，齐聚于白河殿的殿上人们，无不迷醉于妖娆艳樱、华丽乐舞及香醇美酒，忘记了时间流逝。

此时，璋子已经怀上了第三个孩子。

依照惯例，此次仍然是法皇为祈愿念中宫安产，三月二十日，于三条西殿供奉小塔十万座，大僧正·宽助等人为小塔进行供养，祈祷安产。

顺便说明一下，上述小塔乃遵法皇之命，由公卿、殿上人以及女房们捐献的。

然后，法皇驾临法胜寺，举行了祈祷中宫安产的五坛修法[②]。

七天后的三月二十七日，法皇和鸟羽上皇同乘一辆车，再次御驾法胜寺。

此次，未请其他寺院的僧人，只请来天台座主仁实等延历寺僧人千名，转诵《药师经》一万两千卷，祈祷安产。

仁实既是天台座主，还兼任法印权少僧都，而且是权大纳言藤原

[①]源显仲之女。
[②]密教以五大明王为本尊，祈求戡乱、息灾、增益等的修法。设五坛场，中坛祀大圣不动明王，南方祀军荼利明王，北方祀金刚夜叉明王，东方祀降三世明王，西方祀大威德明王。

公实的儿子，相当于璋子中宫的异母兄弟。他打破了四十岁以上才能继任座主的先例，年仅三十三岁便登上此位，并被指定为崇德天皇的护持僧。

毫无疑问，这罕见的晋升是法皇的旨意，而有缘生为璋子的姻兄，给他带来了好运。

延历寺千名僧人诵经之后，这些僧人均得到能米[①]三斗的布施，仁实的地位也因此更加牢固了。

千僧供养一结束，法皇便还驾三条西殿，莅临参议左大弁藤原为隆建造的金色延命菩萨像和彩色爱染明王像两尊，摄政藤原忠通进献的小塔五千座，以及中宫权大夫藤原通季建造的六尊观音像的供养。

这些参议和摄政争相进献佛像，表面上是为中宫璋子祈祷安产，同时也是为了博得一心祈求安产的法皇的欢心。

不过，法皇的安产祈祷绝不仅止于此。

接下来四月二十四日，以大僧正·法胜别当宽助为导师，近臣们进献的佛像和《大般若经》的供养于三条西殿举行。

同日，法皇还行幸上贺茂神社，以法印权僧正·永缘为导师，供养了金泥《大般若经》。

中宫临产前的五月二十七日，三条西殿的寝殿、东配殿、回廊上遍挂不动明王图像千幅，以僧正·行尊为导师举行供养。此外，以大僧正·宽助为导师，供养了爱染明王像三十尊。但是对于这些供养所需的庞大开支，法皇全然不加过问。

对此，藤原为隆颇为惊讶地记录了"祈祷御产，逐日郑重"之句。

恐怕有人会认为法皇如此担忧璋子安产，大费周章地进行祈祷太

[①] 玄米。

不正常。即便能够理解法皇担忧之念的人,也会怀疑这些法事是否真有效果吧。

然而,那个时代对于女人生产的医学知识,以及遇到难产时的医疗处置几乎等于零。

据说,那时候每十个产妇便有一人死亡,即便平安生产,五人之中一人也会得某种后遗症。

可见,生产是当时女性面临的最大难关,是生死攸关的大事。

考虑到这样的情况,法皇才拼命地依赖佛法,拼命地祈祷,也在情理之中。

及至生产当天①,三条西殿里的喧嚣真是异乎寻常。

从清晨开始,僧侣们的加持、诵经声便响彻整个殿内。阴阳师贺茂家荣等手持大麻,一心做御禊②。

到了当夜戌时③,璋子开始阵痛,与之同时,因怪物附了体,动员来多名巫女作法驱魔,有的巫女竟因过于投入而晕倒。

直到子时④,中宫璋子顺利产下一皇子。

要强的璋子,依然是自己剪断脐带,姐姐实子接生了婴儿。

在生产过程中,法皇一直坐镇东配殿帘内,亲自指挥诸等事宜。

得到璋子顺利生产的禀报,法皇满意地用力点点头,立即下旨,赏赐参与加持祈祷的圣慧法亲王、大僧正・宽助、权大僧正・僧智等僧侣们大量布施,并擢升仁实为权大僧都,宽晓为法眼。

尔后,新皇子命名为通仁亲王,庆祝新皇子诞生仪式均盛大举行,

---

①五月二十八日。
②即修禊。祈祷祛除罪孽,平安无事。
③午后八点左右。
④午后十二时。

无一遗漏。

对上述热闹非常的安产祈祷及产后庆典,璋子的夫君鸟羽上皇一概漠不关心。

当然,上皇也希望皇后璋子能够平安生产,但有自己的祖父,且拥有绝对权力的法皇事无巨细地亲自过问,自己自然没有什么可操心的了。

若法皇要求自己参加哪个庆典,当然会参加的。然而,法皇并无一丝邀请之意。

既然如此,自己还是静静地继续保持沉默比较明智。

近来,鸟羽上皇一直尽力维持与法皇之间浅淡而平稳的关系。法皇要他一起出行,便一起出行,让他参加哪个活动,便参加哪个活动。

前日,法皇要他一同去赏樱,并出席赏樱之后的春宴,上皇也都是这一心态。

无须赘言,上皇如此行事,亦不无法皇之命不可违的谛念。

说来说去,上皇自知在权力与实力上都与法皇差之千里,无法与之抗衡。

不过,对此上皇并无特别不快。

第一皇子,现在的天皇[①]诞生时,上皇曾当着前来道贺的使臣,吐露过"非寡人之子"的话。后来,为表达对非亲生之子的不满,偷偷称此子为"叔父子"。

这一感觉至今未变,但事到如今,上皇无意将此怨气表露在外了。

因为上皇想让法皇以及周围所有人都知道,自己是一心一意服从法皇,尊敬和信赖法皇的。

---

① 崇德天皇。

上皇能够这样想,还要归功于璋子的开导。

"现在皇上要对法皇一切顺从,以待时机。若能够静静等待,说不定有朝一日能得到法皇认可,将他现在的地位让与皇上。"于闺房之中,璋子曾对上皇如此断言。

听了璋子这番点拨,上皇才茅塞顿开,亦颇以为然。

法皇正是与自己的皇后璋子偷情的男人。不,应该说是把他自己的女人硬嫁给我的男人。

这件事本身不啻是奇耻大辱,可是再怎么说法皇也是祖父,自己是其孙子辈。况且,现在身居仅次于法皇地位的上皇不是别人,正是自己。

而皇上才六岁。

虽然这样想有些大逆不道,但法皇已年逾七十,纵令多么身强体健,也来日无多了。

各名刹的僧侣无论怎样为法皇祈祷延年益寿,也早晚会命归黄泉的。

终有一天,法皇会执着我这孙儿之手,谆谆嘱托:"以后就拜托你了。"

那位聪明的皇后璋子对我说了"要等待时机",就决不会错。

既如此,就耐下心来等到那个时候吧。

眼下,如若不能克制自己,去跟法皇索要,或要他承诺什么的话,反而会弄巧成拙。

当此之际,定要压抑私欲,韬光养晦,静待时来运转之日。只要能够一以贯之,法皇也自然会认可自己的。

实际上,近来法皇就经常招呼自己一同出行。前几日,还邀自己同乘一辆车子呢。

闰二月的赏樱之时也是如此。见到两位上皇同乘一辆车子出行,自随从到接驾者皆惊叹不已,窃窃私语"二院御幸"等等。

这"二院"并非指法皇和璋子,正是法皇和我这个上皇。

男人与男人,不,应该说是祖孙二人结伴同行,从殿上人至随从等无不交口称颂"真是和睦之至"。

听闻这些溢美之词,对自己而言,亦非不快之事。岂止如此,甚至是求之不得的乐事。

近来,法皇也明显地对自己和善起来。有事总是叫上自己,还常常对自己微笑。

上皇有时会陷入这样的感觉,也许随着年纪增长,法皇也变得越来越慈祥了吧。

总而言之,就这样老老实实地安守本分吧。这是法皇的希望,是皇后璋子的指示,更是为了自己。

上皇这样告诫自己,自言自语:"如此最好。"

大约怀上第三皇子君仁亲王前后,璋子经常居住在上皇的御所二条东洞院府邸。

由此推知,新出生的亲王几乎可以肯定是鸟羽上皇的骨血了。

对此,璋子并未特意禀告夫君上皇。

倘若每次生子均一一说明的话,等于不打自招地告诉上皇,以前所生之子是法皇的了。聪明的璋子自然是不会做出此地无银三百两的蠢事的。

经过怀胎十月,千辛万苦生下孩子的女人,自己能推测出孩子的父亲是谁。

第一个出生的显仁亲王,即当今崇德天皇无疑是法皇的御子。

之后出生的皇女禧子内亲王,也同样是法皇之子。

但是,从第二皇子开始,便是鸟羽天皇之子了。

这种感觉,不用璋子禀明,上皇自己也有所察知。

不管怎么说,从第二皇子往后是自己的骨血了。

这一点,上皇根据自己和璋子的关系变化,也可以想象出来,因此,第二皇子出生后,上皇曾鼓起勇气跟璋子确认过:"是我的孩子吧?"

以前由于缺少自信,上皇从未问过,但这回能够亲自开口询问了。

璋子听了肯定地点点头:"当然是的。"

两人四目相对,百感交集,欣然微笑。

此乃作为夫妇,头一次为自己孩子的诞生,由衷地相互祝贺的瞬间。

"太好了……"上皇脱口而出,望着他那舒心的表情,璋子轻轻地将自己的额头抵在了上皇的胸口。

如果现在可以明说的话,璋子真想对上皇道一句"对不起",说一声"请原谅"。

虽说是夫妇,却连生了两个别的男人的孩子,甚至连声道歉都没说,一直若无其事到现在。

不,应该说是一直欺瞒他到现在。

而且,自己欺瞒的还是至高无上的皇上……

璋子意识到自己犯下的罪孽之深重,不禁愕然。

也许是她的忏悔传达给了上皇,他伸出臂膀轻轻搂住了依偎在自己胸前的璋子。

璋子的额头和上皇的胸脯紧紧贴靠在一起,相互感受着对方的体温。

现在,两人终于能够真正心心相印了,终于互相确认他们的夫妻情缘了。

当然,以往那些事并非是璋子和法皇一起谋划的,她只不过是被大权在握的法皇牵着跑而已。

我们都没有罪,不,不能说没有罪,璋子轻轻摇摇头。

如果说有罪的话,应该是自己。

一边享受着法皇的狂热之爱,却不知满足,还奢望成为中宫,乃至当上国母。

那时,如果自己表示"根本不想要这些",就不会发生这一切了。可是自己却不加拒绝,唯法皇之命是从。

虽说都是强势的法皇一手安排的,但实际上,追根究底还是因为自己贪慕虚荣,被富贵荣华迷住了心窍。

"真是贪念深重啊……"璋子心里自责着,对上皇的忏悔之情,顿时涌上心头。

她想说声"对不起",可又不能说,只有内心深怀歉疚。

好在这样似乎也能表达歉意,为了掩饰自己伤感的心情,璋子紧紧搂住了上皇。

上皇好像也感受到了璋子对自己的爱意,以肌肉丰满的胸脯紧紧拥抱着璋子,跟她接吻。

见上皇对自己如此一往情深,璋子愈加难过,眼泪夺眶而出。上皇见了,爽快地安慰她:"好了,我都明白。不要哭了。"

面前这个男人毕竟不能了解女人的业障之深,璋子一边想一边哭泣不已。

近来,白河法皇正在考虑赐予璋子"女院"的称号一事。

这一称号是朝廷对天皇的母后和中宫、内亲王等特赐的尊称。

如果有了"院"的头衔,会得到院厅拨出的经费,生活便有了保障。

璋子已经是中宫,又是国母了,进入女院之列只是时间问题,可是,她时年仅二十四岁,迄今还没有过如此年纪轻轻的后妃便封号女院的先例。

但是,法皇意思很明确:"年龄没有关系。重要的是必须趁着寡人健在时,封为女院。"

于是,这一年十一月二十四日,中宫璋子正式成为女院,院号为"待贤门院"。

此尊称虽说是朝廷赐予的,可当今天皇才六岁,年幼无知,因此,只要法皇选定的院号,便可随意赐予。

那么,为什么选定"待贤门院"呢?

关于这一点,日后,关白藤原兼实(1149—1207)曾这样说明:

> 女院最初始自东三条院。后来的上东门、阳明门、郁芳门院等,虽说是门号,盖因女院居住的御所位于其门所在大路之侧,故以为号。然待贤门院时,(中略)乃最初使用与其御所无关之门号。据推测,此乃白河上皇时期所定御旨。其后,美福门、皇嘉门、上西门、建春门、建礼门、殷富门、宣阳门等院号,皆使用与御所无关之宫门名称,宫城外廓之门,几乎囊括殆尽。

因史料年代久远,一些部分不甚确切,但"待贤门院"与璋子之间没有直接关联是确凿无疑的。

由此可知,法皇不遵循以往惯例,而是将自己喜好的门名给璋子封了院号。

随着新院号的确定,原来兼任中宫大夫的源能俊和兼任中宫权大夫的藤原通季分别被解去所兼职务,兼补待贤门院新别当。

正式成为待贤门院两天后,璋子行幸土御门皇宫,见到了久别的皇上。

此时,皇上年仅六岁。虽然还是个稚气的幼童,但璋子向他问候时,不知皇上听懂还是未听懂,轻轻点了点头,立刻向母亲伸出手,露出亲昵的表情。

璋子自然是无上喜悦,但按照宫中规矩,不得在宫中留宿,当日便返回了上皇御所。

转年到了天治二年(1125)正月,法皇七十三岁了,对女院璋子的爱却日益深厚。

特别是这一时期,女院因鸟羽天皇退位,随同搬出皇宫,居住在上皇御所,即二条东洞院宅邸里。因与法皇御所相隔一段路程,法皇越来越无法忍受不能经常见到璋子的寂寞了。

于是,法皇下旨,让女院和上皇以及小皇子、小皇女等一同移居三条西殿。

既然是法皇的指令,唯有服从。上皇立即和女院一起迁至三条西殿。

法皇住在西配殿,东配殿是鸟羽上皇的御座,女院和小皇子、小皇女等住在寝殿。

虽说三条西殿是现代人无法想象的大宅第,却相当于法皇与上皇、女院、小皇子、小皇女等居住在同一个屋檐下。

这样一来,法皇得以将女院束缚在自己身边,想要见面时,也可以随时召唤她了。

其实,到了这个时期,法皇已经很难进行性行为了。

另一方面,上皇和女院感情日笃,虽然女院时常被法皇唤去,上皇也未表现出不悦。不仅如此,还经常耐心等候女院回来,一起度过情爱绵绵的良宵。

当然,法皇对这些情况也有所察觉。除此之外,法皇还觉察到直到第二子禧子内亲王为止都没有疑问,而自第三皇子通仁亲王以下就不是自己之子了。

不过,法皇并没有问过璋子,只是自己的直觉,但法皇明白,上皇和璋子既然是夫妻,这也是无可奈何之事。

重要的是,法皇确信现在成为皇上的第一皇子以及禧子内亲王是自己的孩子。

多年来,一直发自心底爱着璋子的男人的直觉是不会错的。

既然拥有这样的自豪和自信,现在即使璋子给上皇生了孩子,法皇也毫无责备之念。

不仅如此,法皇还能够抱着"今后,两人就慢慢繁衍子孙吧"这样宽容的心态,对待他们。

相比之下,法皇更关心的是璋子的身体。璋子身体健康,属于容易怀孕的体质,生产时万一有个好歹,如何是好。

因此,第二、第三皇子生产时,法皇也都拼命为璋子做法事,祈祷顺产。

在旁人看来是祈祷安产,但法皇的本意,祈祷璋子的身体无恙才是最大的目的。

时至今日,法皇最执着的仍然是璋子的身体,唯此是无论如何都不想失去的。

自己最关键的部位已衰老,使璋子受孕的能力也已丧失,可是为何还如此执着呢?

连法皇自己也感到吃惊,只因璋子的肉体实在是魅力无穷,无法抵挡。

璋子看上去身子骨单薄,弱不禁风,抚摸时却柔嫩酥软,浑身充溢着青春活力。

在一个女人的肉体里,可以同时领略到清纯与成熟。

而且她的身体是自己亲手开发出来的。

那还是璋子刚刚着袴的时候。从那时开始,她经常和养母祇园女御一起来法皇宅邸里玩耍,渐渐和法皇熟稔起来。

偶然一次,法皇见只有璋子一个人,便随意将她抱到了床上。

起初,对法皇的爱抚,璋子觉得痒痒,有些害羞,嘻嘻哈哈笑个不停,但随着法皇反复多次的爱抚,她逐渐体味到了其中三昧。

法皇喜欢璋子的清纯可爱,这样的爱抚次数越来越多,到了十五岁的时候,璋子已出落成一个深谙风情的成熟女子。

法皇为女人肉体破茧成蝶般的蜕变而惊诧、痴迷,日渐沉迷于璋子。

在其后的幽会中,不知多少次他们共同攀上了爱的巅峰,获得了身心的极大满足。

虽然法皇阅人无数,但没有人比得上璋子的肉体那般纯净而又妖冶,那般淡定而又贪婪,那般韵味无穷。

其结果,璋子产下自己的皇子,此子成为皇上,璋子登上国母之位时,年仅二十多岁,正值女人的鼎盛期,璋子的肉体越发淫荡得无以复加了。

不堪璋子肉体之魅惑,法皇昨夜也与她进行了交合,快活了一番。

虽然这么说,其实并未进行像样的性交。最近,法皇即便服用枸杞,以及各种强精药剂,也难以收到雄起之效用。

不过,代之以比以往更加温柔地、长时间地从后背到胸前以及大腿之间进行爱抚后,有意无意地突然触摸其私处。

经过漫长前戏,被挑拨得焦渴难耐的璋子的隐秘处,爱液早已是如泉般充盈,最为敏感之尖端也灼热得燃烧在即。

法皇先是用手指尖忽而加力、忽而轻柔地逗弄它,如此反复多次后,璋子忍不住呻吟、啜泣起来,不停嗫嚅着"快啊""不要"。究竟是想要还是不要,到底也分辨不清,法皇借机继续爱抚下去,直到璋子狂乱地摇晃着脑袋,最终喊出"不行啦",同时反弓起身子,达到了高潮。

法皇飞快地双手搂过璋子灼热的身躯,将自己的大腿伸进她的胯下,紧紧抱住她。

不可思议的是,女人的身体如此便能够获得充分满足,达到快感的巅峰。

就这样紧紧搂抱着,忘记了时间的流逝,少顷,法皇刚要松开,璋子不愿意似的紧贴过来。

尽管没有插入,但璋子无疑已经获得了满足,达到了高潮。

法皇感受到了这一点,悄悄点点头:"这样就好。"

照此情形的话,以后随时都可以做,既不必勉强插入,自己也得以放松。

看来,还有可能跟璋子继续做爱下去啊。

法皇点点头,抚摸着一点点安静下来的女人肉体,暗自思忖。

如果她想要孩子的话,尽可以跟上皇去生。通过射精,让女人怀孕等等麻烦事,以后该交给年轻的男人去做了。

即便璋子怀了孕,也是上皇的孩子,同时也是自己的曾孙。

这就等于增加了自己的子孙。

"即便不能生子了,床笫之欢也绝不放弃。"法皇自语着,微微一笑,这时,璋子柔软的肉体又紧紧贴了上来。

第十二章　荣华十年

自元永二年(1119)至大治四年(1129)的十年间,对于待贤门院璋子来说,是荣华绝顶的幸运的十年。

璋子从十九岁到二十九岁的这十年,是作为白河法皇珍爱的女人而成熟起来,并成为崇德天皇之后,生产了自崇德天皇以下七个子女,直至封号女院的十年。

因而,《今镜》里有如下记载:"虽同为国母,然因身为白河院之皇女,承受恩泽荣宠,无人可以企及。"

女院之荣光固然无可比拟,所有人皆匍匐于其足下,但归根结底,还是因为她背后有着不可一世的法皇的照拂。

此时的法皇可谓操控天下于股掌之上,保安元年(1120)十一月,时任关白藤原忠实因突然触怒法皇,而被停止内览[①],并于翌年正月末被迫辞去关白之职。

这一事件,在历史上亦属十分罕见,藤原忠实的解任,给予藤原一门的冲击是强烈的。

---

①摄政、关白及诰命大臣阅览上奏天皇的公文或代行政务。

权中纳言藤原宗忠曾经在日记中描述了自己当时的惊诧之状:

> 予听闻此事,神智迷乱,精神恍惚。

这十年间,白河法皇从六十七岁到了七十七岁,其权势威仪有增无减,鸟羽上皇自不必说,从崇德天皇到摄政藤原忠通,乃至公卿大臣,在法皇面前无不战战兢兢,噤若寒蝉。

璋子是这位执掌重权者名义上的爱女,同时又是其最宠爱的美姬,而且还是崇德天皇的母后。

因之,法皇对女院的眷顾可想而知,并且恩及其族亲,毫不犹豫地给他们封官晋爵。

大治元年(1126)正月,女院的兄弟们获得的地位如下:

实隆·四十八岁,正三位,中纳言侍从。

实行·四十七岁,从三位,权中纳言兼右卫门督。

仁实·三十六岁,僧正,天台座主。

实能·三十一岁,从三位,权中纳言兼左兵卫督。

季成·二十五岁,从四位下,左近卫少将。

原本白河法皇、鸟羽上皇的母后都出自闲院流藤原氏。

如今,女院的兄弟们纷纷平步青云,闲院流藤原氏在政界的地位更加坚如磐石了。

在女院一帆风顺的生活中,如果说有什么让她稍稍挂心的,便是与夫君鸟羽上皇的关系了。

世间皆以为鸟羽上皇性情笃厚,果真如此吗?

在熟悉上皇幼年时代的人们之间,传言上皇少年时代个性顽劣不羁,竟然拿着小弓箭对着宫中护卫的颜面射箭。

只是成人后,多少收敛了一些,显然是白河法皇的管束更加严厉之故。

而且,上皇体魄健硕,丝毫不像宫闱之中长大的孩子。

比如,天治元年(1124)十月,鸟羽上皇第一次前往高野祭拜。当时,上皇行至高野山麓时,突然从车马上下来,穿着麻履麻制的鞋,徒步行走起来。并且健步如飞,隘路照样步履矫健,连随从都跟不上。

身体如此强健,与女性的关系自然也非谨慎之人。

上皇年轻时未过于招蜂惹蝶,或许是由于白河法皇的管束,以及顾虑年长他两岁的皇后璋子的缘故。

然而,保安年间(1120—1124),某日,权大纳言兼右卫门大将源有仁向天皇进献了一枝漂亮的菊花。

天皇欣赏菊花时,发现在菊花枝梢上系着一张薄薄的信笺。

便命藏人:"那是何物,取来给朕。"有仁这才注意到信笺,看过信的内容后,脸色突然变得煞白,低下头去。

天皇觉得很奇怪,取过信来一看,上面写着一首和歌:

移居九重君莫忘,樊篱曾飘菊花香。

歌意是:君王即使移居到了重重深宫里,也不要忘掉曾经爱恋过的女人。

正如歌中所倾诉的那样,表达了女院之姐,源有仁之妻与鸟羽天皇之间的暧昧情感。

如果此事公开出去,传到了法皇耳朵里,或许会成为问题,但从男女关系颇为开放的当时上流社会的风俗来说,这种程度的风流韵事,只要不公开出去,就不算什么问题。

幸好鸟羽天皇与有仁之妻私通之事并未传到法皇和璋子的耳朵

里,没有酿成大事。

岂料,后来上皇与藤原实兼之女的情事却失策了。

实兼相当于女院的异母兄,迎娶了深得法皇信任的阿波守藤原知纲之女为妻,生下一美丽女儿。

璋子入宫后,此女以女院侄女的身份,作为中宫的女房在璋子身边侍候。

然而鸟羽上皇看上了此女,招她侍寝。

尽管上皇似乎只是单纯的多情,可是,此事偶然被法皇知道了,激怒的法皇立刻将她赶出宫去。

虽然法皇没有对上皇采取任何处置,但为此而苦恼的实兼主动出家谢罪,独自一人脱离了飞黄腾达之途。

至于女院自己对于夫君上皇和侄女之间的关系,究竟嫉妒之火有多旺,不得而知。说不定她并不知晓,即便知晓,因此类偷情不必大惊小怪,而予以漠视吧。

对于此事,女院一直没有做出任何反应。

法皇却十分恼怒,对于女院侄女本人及其父母均施以惩罚。

从法皇来说,绝对不允许任何人伤害自己最心爱的女院。同时也是为了表明,无论上皇干出什么丑事来,都有自己在保护女院的意志。

对于处在法皇的强有力保护之下的女院来说,唯一令她不安的,便是两个有残疾的孩子了。

女院是一位非常健康的女子,元永二年(1119)至大治四年(1129)的十年间,共生产了七个孩子。

可是天治元年(1124)五月产下的通仁亲王天生体质病弱,出生后不久便失明了。

关于此事《今镜》中也记载有:

> 第二御子,御目失明。

当然,为治疗此病,进行了各种各样的祈祷,仍未见起色,后来,通仁亲王便卧床不起了。

紧跟着,天治二年(1125)五月出生的第三皇子君仁亲王,也是天生软骨,起居不能自理。

关于此事,《今镜》里是这样记载的:

> 第三御子,虽为小皇子,自幼瘫痪,起卧皆靠人侍候,且不能言语。

这种病当时俗称"蛭子",即现代人所谓的"脊髓灰质炎"。而且还伴有严重的失聪,由此导致语言障碍。虽说女院并非像现代人这样自己照顾孩子,但作为女院,两个孩子的疾病时常让她牵肠挂肚,忧心忡忡。

问题是,如此血统高贵的皇室中,怎会生出这样的残疾儿呢?

关于这一点,虽然没有找到医学的解释,但看一看女院和鸟羽天皇的血统谱系,可以略知一二。

首先从白河天皇到堀河天皇以至鸟羽天皇的谱系,都是出自白河天皇的祖父藤原公成。

而待贤门院璋子同样继承了公成的血脉,从其子实季到公实,再到女院。

总之,公成之女茂子传到第三代是鸟羽天皇,公成之子实季的第二代是璋子。

由以上谱系可以推知,两位亲王先天异常乃近亲结婚所致。

可是,当时贵族们之间近亲结婚并不罕见,并非都导致异常的结果。事实上,白河法皇和璋子之间也不是不能说是近亲结婚。

但二人之间生出的是崇德天皇这样健康的男孩子,而鸟羽天皇和璋子却生了两个残疾儿。

这一差异究竟出自何处呢?

那时的人们,往往只看表面上的现象,众说纷纭,而现代人就会考虑到血型的 Rh 因子的问题。据说,这两位御子被人起了诨名,兄长称为"目君",兄弟被称为"萎君",对女院来说,这两个残疾皇子的将来是她最大的烦恼。

不过,当时女院的命运正处于无限上升的气流之中,在旁人眼里,此二子的存在并未给女院投下任何阴影。

这一时期,在王公贵族们之间最津津乐道的便是"三院御幸"这一词语了。

不言而喻,这个词表达的是白河法皇、鸟羽上皇、待贤门院璋子三人同时出行之意。

三人同时出行时,一般都是本院[①]和新院[②]乘坐同一车辇,女院乘坐唐车紧随其后。

此事在《今镜》中是这样记载的:

> 本院、新院常同乘一御车御幸,虽为法皇御车,亦携杂役
> 及持刀护卫出行。

其意是说,法皇已出家,按惯例不带持刀护卫出行,但因和上皇同

[①] 即白河法皇。
[②] 即鸟羽上皇。

车,特携随从伴驾。

璋子成为女院的天治元年(1124)十一月至大治四年(1129)七月的四年半中,三院御幸多达数十次。

所去之处有白河法皇下旨建造的法胜寺和白河殿,位于京都南郊的鸟羽殿、石清水八幡宫,以及远在比睿山东麓的日吉神社等。

其中最有名的要数大治元年(1126)十二月十六日举行的"赏雪御幸"。

这天,三院起驾前往白河殿赏雪,白河法皇和女院乘车,上皇骑马,随行的摄政忠通等臣僚皆骑马。

此外,女房们乘牛车前往,使得她们身着的色彩缤纷、华美炫目的衣裳展露无遗,格外吸引路人的注目。

法皇施行的造寺、造佛和写经等,过于铺张奢侈,佛事等诸如千僧御读经,亦盛大无比。

因这些法事的主要舞台在白河的法胜寺,故而三院御幸法胜寺尤其频繁。

在法胜寺除了举行佛事外,还有咒师表演等等,三院为观赏演出也多次驾临该寺。

尤其是大治二年(1127)正月十三日,三院于夜晚御幸该寺,彻夜观赏咒师之艺。

顺便说明一下,"咒师"也读成"zushi"[1],是自十世纪以来发展起来的所谓俗艺,穿着华美服饰的艺人大胆表演曲艺[2]以及轻业[3]等等。

这些游艺也逐渐扩展到了贵族社会,经常作为寺院举办的法会上的余兴表演。

---

[1] "zushi"为"咒师"的另一种日语读法。
[2] 利用各种道具及鸟兽等表演的杂技。
[3] 杂技。

当时还没有现代剧场,因此都市里,咒师之艺以法乐的名义于寺院表演,受到上至法皇、公卿大夫,下至庶民百姓的狂热喜爱。

十二世纪前后,也是田乐①流行的时代。

原本田乐起始于插秧之际,为祈祷风调雨顺,慰问劳作,农民们随着大鼓、笛子、簓②等乐器,即兴手舞足蹈。

这类舞蹈称为"田植③之兴",虽然淳朴单调,却因其欢闹的音乐和趣味横生的手舞足蹈,给人们带来了乐趣。

大治二年(1127)五月十四日,三院御幸鸟羽北殿,将御车停在靠近鸟羽北殿处,坐在车上观赏。女院的女房们则乘舟观赏"田植之兴"。

出演插秧女的是二十二人。她们穿的金银锦绣的华彩衣裳,均为殿上人或受领们的捐赠。插秧女们穿着这些服饰,踩着锣鼓点,以生动形象的舞姿表演插秧的情形。

大治四年(1129)五月,三院御幸位于八条的右卫门权佐藤原显能宅邸,观赏在泉殿④附近演出的"田植之兴"。

由以上可知,这些"三院御幸",意味着女院在以绝对的爱笼罩自己的法皇和夫君上皇的护卫下外出。

女院和两位男性均有肉体关系,还为他们生了孩子。

或者可以说成是奇特而背德的行为,但对于女院来说,能够享有这些瞬间,作为女人也是三生有幸的。

即便观看的是插秧、咒师之艺、无聊的说法,但能够得到两位世上

---

①田乐是在平安时代中期,由耕种前祈祷的"田间游戏"演变而来的戏剧形式。专门跳"田乐"的人被称为"田乐法师"。最初只有伴奏和舞蹈,到了镰仓时代发展为有特定的故事情节的能剧。平安时代后期,以神社等为后援结成了很多剧团。

②一种打击乐器。

③即插秧。

④与寝殿西配殿回廊相连接的,伸向湖面的亭台,与东面的"钓殿"相对称。

至高无上的男人的陪伴和关爱,作为女人,璋子一定感受到了无尽的幸福,这是毫无疑问的。

最极致的"三院御幸",要数离开京城,前往熊野拜祭的时达半个月的旅途了。

熊野御幸始于十世纪初,延喜七年(907),宇多法皇首次赴熊野祭拜。

过了八十年后,花山法皇赴熊野祭拜。又过了一百年后,宽治四年(1090),白河法皇赴熊野拜祭之后,便经常有皇室前往熊野参拜了。

白河法皇自永久四年(1116)第二次参拜熊野开始,共计去了九次。

后来,天皇家的御幸便成了惯例,历代天皇都多次御幸熊野,鸟羽上皇二十一次,后白河上皇[①]多达三十四次,后鸟羽上皇[②]二十八次。

这一时期,赴熊野祭拜时,首先要在出发之前进行斋戒,洁净身体,六至七天后自都城出发,巡游熊野三山,即本宫、新宫、那智大社,于十七八天至二十天之间返回都城。

在法皇的九次熊野祭拜中,第七次以后均有待贤门院璋子与上皇陪伴。其中大治二年正月的三院御幸时,有藤原经实等公卿八人,殿上人三十余人同行,规模十分庞大。再加上随从及武士等,估计远远超出了三百人。

那么如此大规模的御幸,需要投入多少费用呢?

据说之前的元永元年(1118)的熊野朝拜时,从摄津、和泉征来的粮草马匹,与八百一十四人数相对应,多达十六石二斗粮食和

[①]后白河上皇(1127—1192),日本第七十七代天皇,名雅仁,鸟羽天皇第四皇子,1155至1158年在位。

[②]后羽心上皇(1180—1239),日本第八十二代天皇,高仓天皇的第四皇子,1183至1198年在位。

一百八十五头马匹。

如此大规模的朝拜,法皇曾经进行了多次。

可是,上皇以及平安贵族们为何要跋山涉水,花费大量费用和人力去祭拜熊野呢?

这里要特别注意的是,清水实氏所著的《熊野曼荼罗考》。

曼荼罗是梵语"mandala"的音译,意思是"具有本质的东西""显示本质的东西""佛教中的本质的东西,即成就佛的正觉(悟)的境地"。

《熊野曼荼罗考》论述的是,将熊野三山看作"曼荼罗之神域"的想法已广为人知。

换言之,即认为熊野就是作为世上万物根源的神祇栖息之所。

这里还有作为熊野权现的分身(御子神)——即所谓王子,被供奉在沿途建造的土地庙里。

假如从距离京都很近的摄津方向走的话,直到熊野本宫,沿途共有九十九个这样的土地庙。如"潼津王子""坂口王子""郡户王子""阿倍野王子"等。

自都城出发的朝拜熊野一行,一路上一边拜祭这些王子,一边沿着摄津、朝和泉、纪伊方向行进。

大治二年(1127)正月进行的熊野御幸,理所当然有上皇和待贤门院璋子同行,即所谓三院御幸,而沿途接驾的场面可谓是兴师动众。

法皇一人赴熊野祭拜,随行者已超过百人,现在再加上上皇和女院的随从,早已超过了二百人。

虽说从河内至和泉都是重要道路,但道路周边只有一些散在的农家。

不过,法皇的熊野祭拜已经历了数次,沿途修建了一些能够容纳多人住宿的驿站,服侍者也很齐备。

尤其是此次的三院御幸,精心改建了当地土豪的宅第,给神社和寺庙加盖了不少房间,但仍然无法和都城相比。

当然,仅靠预定住宿的村庄是住不下所有随行者的,沿途三四个村子里的,凡是可以遮挡风雨之所,悉数被租用,结果,住户们不得不去野外露营。

最令人费心的,还是法皇和上皇以及女院的下榻处。因为法皇下旨,务必要尽量靠近安排。

旅途之初是沿和泉海边行走,女院装扮成女山伏①装束,乘坐着轿子,愉快地欣赏周边的风景。

法皇以及所有男性均头戴折乌帽子,着短袴净衣②,小腿缠白色裹腿,亦乘轿而行。

但进入纪伊后,路途逐渐险恶起来,高龄的法皇和女院以及女房们,改由年轻男子背负前进。

越接近熊野本宫,一天行进的路程越短,由近十个王子的路程减少到最多五六个王子了。

然而,法皇无论在什么时候,都要确认上皇和女院,特别是女院所在的位置,他常常先往前赶一段路后,停在路边歇息,等候女院跟上来,关切地问候她一声。

有时候是策马先行的上皇,在树荫下面等候女院。

---

①山伏是日本修验道行者的统称。又称山卧、修验者、行者。尊奉奈良时代初期的役小角为始祖,以大和(奈良)的大峰山、金峰山、吉野山,纪伊的熊野山,奥州的出羽三山,九州的英彦山等诸山为修行的场所。装束独特,身着袈裟,系之以铃,围兜巾,悬珠,提杖,负笈,复佩以大刀、法螺。

②净衣即白色衣服。

就这样,女院在法皇和上皇两位男人的悉心护卫之下,从田边①出发,经中边②朝本宫③前进。

到达宿营地后,一到夜间,法皇必定会召唤璋子,而且还是强迫式的。有时璋子觉得疲惫,女房回复法皇说:"女院正在歇息。"法皇也不听。璋子只好慌忙穿上袿衣,前去见法皇。见到璋子,法皇才放心地笑着说:"让我好等。"

然后,法皇会关切地询问"今天感觉如何?""累不累?"等等,听到女院回答"不累",才放心地点头说:"太好了。"

接下来,法皇会说"喝一杯吧",给女院斟酒,喝得差不多了,便提出要女院留下过夜。

在都城的御殿里另当别论,旅途上住的都是临时搭建的简陋农舍,再说,上皇休息的地方近在咫尺。

女院很为难,推脱说"明天还要早起",但法皇不答应,说:"此处是熊野,不必挂虑。"

正因为是熊野,才应审慎行事,但法皇似乎无此顾虑。

见女院默然无语,法皇凑近她耳边,轻轻说道:"明天,你去鸟羽那里好了。"

难道法皇的意思是,今晚你和我睡,明晚去夫君鸟羽那里睡吗?

此处是神圣的朝拜旅途,不是京都。

在这样神圣的旅途上,男女交合难道可以不忌讳吗?女院深感不安,而法皇不知是否由于旅途心情放松,满不在乎地说:"只是一起暖和暖和。"

因为在野外宿营,法皇觉得独自就寝太寂寞了?

---

① 位于日本和歌山县南部。
② 位于日本和歌山县中部,西邻田边。
③ 位于日本和歌山县东南部,熊野本宫大社的门前町。

"求求你了。"

见已经七十五岁的法皇这样央求自己，女院实在无法拒绝。

不仅如此，为了让自己陪伴就寝，高高在上的当权者竟不惜匍匐在地，姿态可爱至极，女院刚一点头同意，法皇便轻声道："太好了。"

据说熊野是诸神栖息的曼荼罗世界，在此圣地做这些苟且之事，真的可以吗？

女院依然感到不安，但为了消除罪孽，法皇已经付出了庞大的供养，奉献了长长的诵经，女院这样说服着自己，钻进了法皇的被子里。

在这次旅途上，女院获得了一些从未有过的新鲜体验。

首先是自己和法皇、上皇三人一起朝拜熊野，朝着同一个目的，一起度过半个月以上的时光。

这种感受是在都城里绝对体验不到的，通过三人一起吃饭、一起闲聊，更加清楚地了解了各自的想法和态度。

在这一点上，女院感受最深刻的是，法皇只是像对待自己的孙子一样对待上皇，而上皇对法皇不仅是作为祖父，更是作为伟大的掌权者来崇拜，卑躬屈膝到难以置信的地步。

女院还发现，在谈论旅途感受时，上皇也是在聆听了法皇讲述之后，才谨慎地顺着法皇的心意来回答。

此外，女院还知道了，法皇由于上了年纪，一路上不时疲惫不堪地停下来休息，有时还会偶感风寒。

法皇的身体似乎衰弱了不少，但在都城时没有意识到，这恐怕也是法皇对自己如此依恋和强求同床而眠的缘故吧。

法皇、上皇两人都对自己非常在乎，为维持以自己为中心的三角关系而花费心思。

他们的心意实在是难得，可是，这样的状况能够持续多久呢？虽说不会是今天或明天发生,但肯定会在不远的将来崩溃的。

聪明的女院预感到了那一天,被隐隐的不安攫住了。

但感到不安的似乎并非只是璋子一人。

在此次羁旅的归途,抵达离都城最近的阿倍野王子时,法皇突然把上皇和璋子叫到自己的宿营处——当地豪族宅第里的一个房间来。

到底为了何事?两人颇觉不解,再有三天就到都城了,偏偏在这个地方紧急召唤我们来。法皇一见到两人马上慰劳道:"走了这么远的路,让你们受苦了。"

可是,若论受苦,法皇比我们更不容易啊。

女院心里想,正想对法皇这么说出来时,法皇定定地俯视了两人片刻,突然对上皇说:"我想先对鸟羽说句话。"

上皇慌忙低下头,法皇点点头说:"我年岁越来越大了,以后的日子恐怕不多了。"

怎么会呢?女院惊慌地想要阻止法皇说下去,法皇继续说道:"所以,想请求鸟羽答应我一件事,如果我有什么不测的话,女院就拜托你了。"

听到法皇这番出乎意料的话,上皇不知如何回答,只听法皇不容置疑地追问道:"好吗?女院就拜托你了!"

听法皇再一次向自己请求,上皇惶恐地五体投地,以表承诺。法皇放心地用力点点头,然后转向女院,平静地说:"这样可以吗?你也放心吧。"

女院听到这话,俯身谢恩。

法皇要谈的事好像仅此而已。

分别向两人确认之后,法皇说完了要说的事,让随从拿来一壶酒,亲自给上皇和女院的酒杯里斟了酒,说道:"今天晚上,庆祝一下。"三个人一起喝起酒来。

碰杯的感觉,就像是再一次确认今日之约似的。

女院一边喝着杯中酒,一边为法皇对自己的关爱而感动不已。

说到底,法皇是在担忧他死后,我能够一切平安。为了了却这件心事,才把我们叫来的。

这是多么深厚的情意啊。想到这里,女院感极而泣,热泪盈眶。

可是,为何今夜,在熊野朝拜的最后一夜,对我们说这些话呢?难道说,因为是三个人都共同经历了长途跋涉的最后一天,所以更有意义吗?

女院的眼泪扑簌簌坠落下来,赶紧抬起袿衣袖遮挡婆娑泪眼,法皇温柔地对她说:"今天晚上太好了。你也放心吧。"

第十三章　法皇驾崩

大治三年(1128),待贤门院璋子二十八岁了。年末的十一月,她又有了身孕。

这是璋子第七次受孕了,除了头胎外,自第二胎往后再没有受妊娠反应之苦,可见她的体质相当好。

新年过后,进入大治四年,依照惯例为祈祷女院安产的法事,在法皇以及上皇的关照下,盛大举行。

首先于二月二十四日,在三条东殿的寝殿南厢,供奉佛师·长圆等僧人制作的三尺高的七药师佛像、尊胜孔雀明王像、半丈六爱染明王像等,并由权律师·定海为等身大的五大明王像开光供养,祈祷女院安产。

接着于三月十九日,在女院的殿上,由院厅的别当们议定"御产定",即御产前后的诸法事及杂事。

三天后的二十二日,在三条东殿,以仁和寺的圣慧法亲王为导师,供养延命菩萨画像百幅,祈祷安产。

其中尤为特异的是,由女院的侍从民部丞[①]的卜部兼仲监造等身

[①]民部省为律令制的八省之一,专司户籍、租赋等民政、财政。民部丞即该省的中等官吏。

大爱染明王像百尊,祈祷安产。

这些佛像安置于三条东殿的寝殿和东西回廊,五月二十五日,以觉法法亲王为导师举行供养。

然而,兼仲既非院司也非受领,不过是女院的一侍从,其僭越之举招致人们颦蹙,但此类情况并不罕见。源师时曾曰:"此乃屡见不鲜之事,不过九牛之一毛也。"

此事也可看作彰显了女院势力之强大,但女院身边的女房或侍从中,像这样狐假虎威的情况并非个例。

安产祈祷愈演愈烈。六月末,于三条东殿供养尊胜大明王像等诸佛,之后,女院与上皇一起移驾三条西殿西南部新建造的角殿,供奉半丈六的尊胜大明王像,以及爱染明王像十尊。

从此时开始,法皇频频下达禁止杀生的指令,几乎到了失去理性的疯狂地步。

这些超乎想象的造寺、造佛和安产祈祷耗费了国库,给人民增加了重负。

另一方面,公卿大臣们也为名目繁多的法事疲于奔命,劳累不堪。

况且这些法事并非为了祈祷镇护国家、五谷丰登,而是祈求法皇自己的长寿和女院的安产,完全是出于个人的愿望。

尤其是这个时期,法皇信奉的是以东密[①]、台密[②]为主的密教,对净土信仰不太关心。

实际上,法皇尊崇的是一般僧侣们感到困惑的那类佛像和经论,常常独自一人沉迷其中。

法皇的信仰可谓复杂怪异,无论是虔诚的熊野信仰,还是在神社

[①]指以东寺为根本道场的日本真言密教。以空海为鼻祖,又称东寺流。
[②]指传入日本天台宗的密教,由最澄等人传自中国。

里大肆造塔等,令人匪夷所思之处比比皆是。

法皇这异乎寻常的信仰形态是怎样形成的呢?

此前一年,大治三年,法皇七十六岁了。虽然表面上看精神十足,身体无恙,但法皇自己已经感到了衰老。尽管他极力掩藏在内心,不表露出来,却感觉自己的身体明显地日渐衰弱。

因此,法皇渴望益寿延年的愿望愈加强烈起来。

这一年的十月二十一日,法皇与上皇一起御幸石清水八幡宫,供养新抄写的《一切经》①五千三百十二卷,而此供养的愿文,乃由当时的文章博士藤原敦光所起草。

愿文历数了法皇数十年来精进佛道的功绩,其祈愿内容的主旨,有记载如下:

若祈念一百二十寿,则前所未有。若希求八十寿,亦残喘之日无多,唯,凭一心冲襟,以期延寿十年。

法皇在此愿文里坦率地企求能够再延长十年寿命,但命运的链条却在此后不久被悲惨地切断了。

祈祷女院安产的佛事依照法皇的指示,举行得越来越盛大而执着了。

同时,鸟羽上皇移驾三条东殿,光临法华忏法的结愿,之后移驾西殿,光临大僧正为女院进行的五大尊供养。

供养之后,行尊为女院受了戒。

---

①即《大藏经》。原为一切佛教圣典之总称,其后则专指汇聚经、律、论及其他佛典而成的丛书。

尔后，鸟羽上皇举办仁王说法，女院举行《大般若经》转读，最后，上皇和女院一起开始了御佛三尊——尊星王（妙见菩萨）、金刚童子、一字金轮佛顶尊的建造。

如上所述，法皇自不必说，上皇和女院也都为佛事而忙得昏天暗地，不得休息，但这样做并非只出自教义上的理由，凡属功德无量的诸佛，不问是何方神圣，便一味祈祷佑护。

进入大治四年七月，女院的产期日益临近了。

七月六日，在女院的御殿，终日供养二十尊至一百尊佛像，祈祷安产。

当日，法皇由三条西殿起驾，巳时①到达二条东洞院，以觉法法亲王为导师，供养丈六爱染明王像三尊和等身大爱染明王像二十尊，以及小塔等祈福消灾，午时②还驾三条西殿。

此后，法皇入浴，擦净身子后，用过便膳，便歇息了。

法皇御体突然出状况是在歇息之后，未时二刻③。

最初的症状似霍乱，上吐下泻不止。

此事只有在法皇身边侍候的人知道，但察觉到事态严重的大纳言内侍，于天色渐黑时分，禀告了女院和上皇以及相关方面。

法皇卧于三条西殿西配殿北面，上皇、女院、关白藤原忠通等人闻讯先后赶去。

但能够进入御帐台中见到法皇的，只限于上皇、女院、贺茂女御、大夫尉源资远、安艺守藤原资盛等数人。

法皇的病情一直不见好转，不停地上吐下泻，刹那间衰弱了许多。

---

① 上午十时左右。
② 正午前后。
③ 午后二点前后。

于是,请来阴阳师算龟卦问卜,以及大僧正·行尊等高僧加持祈祷,驱除邪气。

不过,此间没有传唤典医,但这是不甚相信当时医术的法皇自己的意思,是觉察到病情非同寻常后的法皇个人的决断。

尽管经受着剧烈的吐泻,法皇最担忧的还是女院。

到了酉时①,法皇上气不接下气地,对一直寸步不离地守在身边的女院说:"好了,你赶快离开这里吧……这次没有希望了……不要触犯禁忌……"

当时的人认为,接触死者,或待在死者身边会染上污秽,招致不幸。

特别是女院身怀六甲,法皇担心对胎儿影响不好。

而女院没有退下。由于法皇不停地剧烈吐泻,女院不便待在御帐台里,便守在附近,担忧地守候着法皇。

法皇见状,气息奄奄地对女院说:"大限已至,纵然祈祷万千……亦无济于事……倘若犹可祈求者,恐唯有阿弥陀佛……"

"没关系的,请让我待在这里吧。"女院仍不退下,握着法皇的手不放。

又过了小半刻后,法皇说了一句:"真暖和。"这句话是能够清楚分辨出来的法皇最后的声音了。

此后,法皇气力急遽衰竭下去,同时耳朵也听不见,眼睛也朦胧了。

法皇仿佛陷入了昏睡状态,须臾微微启动嘴唇,喃喃地发出一声"璋子"。

大纳言内侍听见后,慌忙请璋子来到法皇身边,女院紧紧握住法

---

①午后六点前后。

皇布满皱纹的手,凑近法皇的脸叫道:"法皇陛下……"

女院将脸贴在了法皇的脸上,看上去仿佛女院和胎儿一起伏在法皇身上似的。

过了片刻,女院缓慢地抬起头来,法皇仿佛安心了一般,表情平和地又陷入了昏睡状态。

从夜间直到黎明,法皇再也没有醒来,七日早晨,便已是命在旦夕了。

此间,鸟羽上皇所做法事有,命五个神社举行讽诵①;在南庭造丈六佛五尊,建五重塔;书写《大般若经》和金泥《法华经》;大赦天下。为上述法事,急招众多佛师、工匠、经师至三条西殿,近习②、藏人们为准备这些法事而奔忙。

法皇想必是心脏功能很强的人,一直深度昏睡,却未断气,女院片刻不离地守候在御帐之侧。

身边侍者劝告女院:"再待下去有碍贵体。"她也概不理会。

从御帐深处传来的只有女院不时发出的呜咽啜泣之声,僧正·仁实、法印·觉猷的加持念佛之声,近臣藤原长实的敲磬之声。

不久,天色渐渐发白,太阳升起后的巳时,法皇的下颌突然一垂,静静地咽了气。

最先察觉法皇之死的,是通宵守护在旁的女院。

一瞬间,她发出"啊"的一声哀叫,猛然扑到了法皇身上,浑身颤抖,恸哭不已。

---

① 即诵经。
② 相当于近侍。即身边侍从。

听见哭声,在隔壁守候的女房们立刻赶来,只见女院一边呼喊着:"法皇陛下……"一边拼命地去亲吻法皇的脸。

显然,此时法皇已经驾鹤西归了。

两位女房惊慌地想要把女院从法皇身上拉起来时,女院的嘴唇已紧紧覆盖在了法皇的嘴唇上,女房们仍坚持把女院拉了起来,依依不舍的女院被拉开后,颓然瘫倒在床边。

只见法皇的脸已被女院的眼泪濡湿了,只有刚才被女院亲吻的嘴唇还微启着。

"法皇陛下……"女房们交替着呼唤法皇,法皇像一尊佛像般静静的没有任何反应。

"法皇已经驾崩。"

此时此刻,所有人都不能否认法皇已然晏驾了。

赶来的内侍向遗体鞠了一躬,对瘫倒在床边的女院说:"请到房间里休息吧。"

法皇已然踏上了黄泉之路。想要阻挡他也是徒劳。

"请吧……"内侍再次催促道,女院拒不离开,"我不走……"

虽说女院的心情能够理解,可是又不能任凭她这样悲恸。

内侍要先去告知僧正和法印,确认法皇已去世,然后还需去请示葬礼的形式等等。

况且,女院还怀有身孕,必须及早回到房间里去。继续待在这里的话,女院会染上晦气,也可能会危及腹中的胎儿。

"请快点离开吧……"内侍想要把女院搀扶起来,她却死死伏在床上执意不肯起来。

没办法,内侍只好请站在一旁的藤原长实帮忙,好歹把女院搀扶了起来。好容易才站起来的女院,突然又像鸟儿一样张开双臂扑到法皇身上,再一次长时间地亲吻着法皇……

这一天是大治四年(1129)七月七日,巳时,法皇以七十七岁高龄驾崩。

八日,法皇遗骸入棺。十五日于香隆寺乾方(西北)之野,付之火葬。

法皇很早便留下遗嘱,死后不得火葬,于鸟羽殿造塔,将尸骸收纳于此塔的石室内。

然而大治四年,法皇改变了多年来的意愿,嘱咐近臣藤原长实要将自己的遗体付之荼毗①,并将丧葬所需事宜皆写于卷纸②。

这是在法皇驾崩之前仅二十天的事,而法皇改变初衷的缘由推测如下。

法皇记起,关白藤原师通于康和元年(1099)六月亡故后,对他怀有敌意的延历寺僧人们,密谋欲将他的骸骨从坟墓中挖出,以示羞辱。因此,法皇说:"案及此事,朕若不行尸骨葬(火葬),恐遭此厄运。"

法皇驾崩前一个月,六月初,遭逢严重霍乱(中暑),当时法皇似乎已预感到自己的死期将近。

其后,法皇便留下了关于自己死后葬礼的详细安排,指示在自己瞑目的瞬间,用五彩丝线将自己的手和阿弥陀佛之手系在一起,敲击一声磬。

然而,因法皇驾崩过于突然,人们一时不知去哪里寻五彩丝线,只此一事未能遂其生前所愿。

---

① 佛教语,火葬之意。
② 书写文书使用的卷成卷的纸。

那么,法皇究竟死于何种疾病呢?

关于法皇从发病到一个月后的法事(闰七月四日)时的情形,藤原宗忠的《中右记》、源师时的《长秋记》、藤原宗为隆的《永昌记》等古籍里均有详细记载。

但是对于病因,只记录有"霍乱"或类似疾病。

所谓霍乱,在中医里,即剧烈的腹痛和泻肚,并伴随呕吐症状的急性肠胃炎。

可是,无论多么高龄,因急性肠胃炎便立刻陷入昏迷状态,发病后不足二十小时便一命呜呼,也令人费解。

况且法皇一向身体健壮,从无体弱多病的迹象,直到发病前,一直执掌着院政大权。

在这样的状态下,何以骤然间亡故呢?

关于这一点,角田文卫氏曾指出:"并非急性肠胃炎之类,当是胃溃疡。"

他还指出:"法皇体内,多年来一直有胃溃疡,但高龄老人往往感觉迟钝,估计并未有难忍的痛感,只是感觉胃不太舒服。"

此外,据御医丹波重忠私底下说:"法皇六月份曾染上霍乱,重忠开出各种药,但法皇一次也未服用。"由此可见,法皇已经直觉自己死期不远,无意费神去服用那些无效的药物吧。

法皇身边的人也都清楚法皇多年以来经常腹泻。

而实际情况是巧克力色的便血,所以角田氏自然会认为是因胃黏膜出血,在胃液作用下变色后排出体外的吧。

另外临床记录里有"呕吐"一词,其实应该是吐血吧。

还有,"整夜腹泻不止"的记录,意味着夜间也持续便血,说明溃疡部出血不止。

老迈的法皇因过度贫血而陷入昏迷,不久便死亡,也在所难免了。

以上角田氏的推论不无道理,可以说接近了法皇死因的真相。

然而,倘若在此表明本作者的看法,则法皇的死因似乎应该是"大肠癌"。

此病的特征是,由于附着于肠壁的恶性肿瘤之故,出血性腹泻与便秘交替出现,因频繁便血而加剧贫血,体力急遽消耗。

可以说,法皇的症状正与大肠癌的症状相吻合。

若是在今天,由便血诊断出大肠癌,实施手术即可治愈,但在平安时代,却是无药可救,虽系无可奈何之事,亦甚感遗憾之至。

法皇遗体于七月十五日火葬之后,所拾御骨被收纳于金铜之壶内,暂时安放于香隆寺。

据说此香隆寺曾经位于平安京①西北郊,现在京都市北区平野的上八丁柳町至八丁柳町一带,但未能保留至今。

此外,据传法皇付于荼毗的场所,位于衣笠山向东延伸的丘陵方向,相当于今天的北区衣笠西马场町一带。

此地相当于明治以前的葛野郡大北山村字马场,据已故谷森善臣的《山陵考》记载:"位于衣笠山岳东下方。高六尺许,方圆十三丈许。"自古传说是法皇的火葬冢之方坟所在地。

现在位于西马场町的法皇的火葬冢,即是因推测此处曾是方坟所在地,而在其四周挖沟建成的。

遗憾的是,后来金阁小学的建筑用地紧邻此火葬冢南端,因此无法从南边来拜祭。

加之,近年来火葬冢三面盖起了住宅,要寻找其原来位置难上

---

①日本京都的古称。

加难。

　　此处曾经北靠天神冈、北大文字山，西望衣笠山，东南面朝平安京，堪称风水宝地。

　　于此地火葬后出殡之际，时任参议左大弁的藤原为隆叹曰："平生御威，瞬乎湮灭，可悲可叹。"目睹伟大的不可一世者亦不能永生，而感慨时光流逝之无常吧。

　　随着权势者的去世，其周边人的命运不论巧拙，亦不能不受到巨大影响。

　　法皇火葬之后，仿佛追随其后一般，曾经作为法皇的宠妃而权势显赫的祇园女御首先出家。紧随其后，出身青楼，名唤"美浓"的女人亦出家。

　　稍后的七月二十六日，法皇之女，皇后令子内亲王，以及皇后宫的御匣殿也同时遂愿出家。

　　此时，白河法皇最后的皇子崇德天皇虽在土御门大内里，却不能够去看望法皇，也不能去见法皇的最后一面。

　　因为天皇乃神圣之体，务必极力避免出入与疾病死亡相关之秽所。

　　天皇正式接到法皇驾崩的禀报，已是晏驾八天之后，即出殡之日的七月十五日。

　　此日，法皇的院厅使者，右近卫中将藤原成通进宫传达："七日，太上法皇驾崩。"头中将源雅兼再将此报上奏天皇。程序烦冗之至。

　　当然，天皇通过藏人已知悉法皇病情危笃，一直念念不安，但有关法皇驾崩之事，十五日之前没有正式收到禀报。

　　未能为曾祖父法皇服丧，此亦身居天皇之位者的宿命。

　　法皇生前给自己起好了"白河院"的谥号，此事也待十五日，与法

175

皇驾崩一并上奏天皇,得到敕裁,方才成立。

此间,待贤门院璋子是怎样度过的呢?

从白河法皇驾崩至火葬、纳骨,乃至葬礼均按部就班地进行,而身怀有孕的女院均未能出席,因这一系列仪式皆与晦气相通之故。

她只能一边为法皇祈祷冥福,一边静待腹中之子出生。

女院由三条西殿移居三条京极殿,竟日笼闭不出,沉浸于对法皇的万千思念之中。

今后等待自己的将是怎样的命运呢?

法皇驾崩之后,便再没有能够像法皇那样庇护自己的人了。

迄今为止的无限荣耀和荣华皆是拜法皇所赐。

从今往后,这些荣华富贵将会怎样变化、怎样失去呢?

夫君鸟羽上皇是否打算继承法皇的衣钵,继续执掌院政呢?

将来之事,现在怎样思虑也不得而知。

唯一可以确认的是,法皇已然逝去,自己再也不能够仰仗法皇的护佑了。对这一冷酷的现实,女院自己比任何人的感受都刻骨铭心。

第十四章　女人哀惜

大治四年（1129）七月七日，白河法皇驾崩后，待贤门院璋子伤心欲绝，整日闭门不出，沉浸在对法皇的无限哀思之中。

在当时极其忌惮死人晦气的习俗下，无论是鸟羽上皇还是女院，且不说为法皇守灵，就连参加葬礼都是不被允许的。

尤其是女院即将临盆，因此法皇驾崩之后，守在尸骸之旁，沉湎于哀思，更是断然不可的，必须尽早从三条西殿迁往他处。

于是，七月九日戌时①，鸟羽上皇与女院同车，小皇女②二人与四皇子雅仁亲王乘坐另一车，随同迁入面朝京极大路的三条京极殿。

在此处，女院因妊娠期间，也不得为法皇服丧，唯一心待产，举行盛大的祈祷安产的法事。

法皇之死也许对女院的身体产生了微妙的影响，预产期已过多日，进入闰七月仍然不见动静。

因女院一向如期顺产，故异乎寻常，为女院担忧，僧侣们诵经之声

---

①午后八时许。
②禧子内亲王、统子内亲王。

愈加响亮起来。

直到闰七月十九日夜半,女院才终于感到了阵痛。

此次分娩,意外地遭遇难产,直至二十日申时①,女院才终于产下皇子。

新生儿是继雅仁亲王之后的第五皇子,三个月后被命名"本仁",封为亲王。

女院的第二皇子通仁亲王天生患有眼疾,双目失明,身体亦有残疾。

因此缘故,法皇在世时的宠臣藤原显季之女任通仁亲王乳母,照料这位亲王的起居。

为治愈通仁亲王眼疾,自然一直未曾间断过祈祷和加持,但完全没有效果。加上自入夏开始,亲王患了痢疾,于闰七月十日深夜,在六条东洞院府邸亡故。时年仅六岁。

这位薄命皇子的遗骸,于闰七月十二日夜,装殓于锦袋内,葬在衣笠山东麓之野。

但此时女院刚刚送别法皇,且即将临盆,因而侍者们没有透露此消息,待第五皇子出生后,方才禀告女院。

对于女院来说,不啻是继法皇驾崩之后的又一次沉重打击。

特别是,此皇子自幼孱弱,全由乳母照看,女院作为母亲,几乎没有疼爱过他。

女院为此追悔不已,但事已至此,不得不平静地接受这一切。

一直心情凄楚的女院,产后身体尚未恢复,便由三条京极殿移居三条西殿,从此夜开始才终于能够为法皇服丧了。

女院的寝殿里挂上了淡墨色的御帘,母屋西房里铺上紫色镶边的

---

①午后四时前后。

榻榻米作为御座,女院身穿黑色单衣,外套黑色唐衣,下着橙色袴,静坐默哀。

按照当时的惯例,上皇和女院都应为已故法皇戴重孝一年。但是,两院因身份不同,不能一直守孝,故而四天后,即八月十三日,女院与上皇同车还驾三条京极殿。

女院虽行了服丧之礼,对法皇的思念却无休止之日。

姑且不说夜间孤枕无眠,即便是白天,曾经与法皇卿卿我我、山盟海誓的情景,乃至被法皇激情似火地拥抱时的感触也常常让其突然苏醒,令女院不能自已,竟偷偷地抚摸起自己的乳房来。

当然,现在女院并非完全远离了男人,有时上皇会来看她,而且总是来得十分突然。尽管正值服丧期之中,上皇却非常之激烈而执拗,仿佛想要趁此时打消女院对法皇的思念一般。

上皇的动作虽然充满活力而粗犷有力,也因而过于自顾自,缺少一些情调。

相比之下,法皇的爱抚要温柔舒缓,甚至于淫荡得多。

因此,女院的思绪自然回到了和法皇一起度过的那些缠绵悱恻的时光。

现在回想起来,和法皇在床上赤裸相拥时,法皇从未直接进入交媾。

法皇总是先一番拥抱接吻之后,开始缓慢地抚摸璋子的全身。

先从脖颈抚摸到肩头,再从后背至腰间,再到大腿,然后又徐徐沿着腰间返回腋下来。

如此反复多次地爱抚时,璋子早已因酥痒难耐的惬意快感,而忍不住发出轻吟:"饶了我吧……"

可是法皇的手不会停下的。

璋子越是扭动身子，法皇的手就越是一丝不苟地从后背滑向腰间，再从大腿返回腋下。

璋子实在耐不住这般长时间的爱抚，刚一扭动身体，法皇突然间弓起上身，含住璋子的乳头。

敏感的乳头突然被热乎乎的气息包裹，璋子不由得浑身一抖，但法皇的嘴唇像吸盘一样，牢牢吸住乳头，然后缓慢地游弋起舌尖来。

"不要……"无论怎么哀求，法皇也不松口。

不仅不松口，舌尖反而像是受到激励似的，更加妖冶地纠缠起来。

璋子的全身仿佛已落入法皇的圈套之中了。

这样下去，还不知自己会暴露出怎样的痴态呢。必须尽快逃脱出去，璋子一边这么想，同时又渴望继续享受这快感，彻底浸淫其中，两种相反的欲望纠结不休。

"求求你……"现在与其反抗，莫如走哀求这条路。

再继续烧旺的话，自己将不能自控了。

就在璋子忍耐到了极点，挺起脖颈，正要扭动腰身的瞬间，法皇的右手突然精准地触到了璋子的胯间。

要干什么？璋子刚刚忍不住"啊……"地发出一声惊叫，法皇的中指早已覆盖了璋子最敏感的部位，缓慢地上下揉弄起来。

经过法皇刚才长时间的执拗爱抚，那里早已令人羞耻地湿润得一塌糊涂，璋子自己最清楚不过了。

自己一个劲儿诉说"不行""不要"，可那里却如此欲火焚身，被法皇察知，实在难为情。

就在璋子因不安和羞耻而不堪时，法皇已然静悄悄地进入了。

与上皇炫耀般勇武有力地快速挺进相比，法皇却是静悄悄地进入，仿佛以前就埋伏在那里似的，连接得严丝合缝，缓慢地动作起来。

早已是爱液充盈的璋子的私密之所，终于捕获了企盼已久的宝物,迅猛燃烧起来。

每次只能回忆到这里,再往后璋子便记不清了。

当时自己肯定是忘却一切地纵情欲海。

不记得几度攀升到了峰顶,以至于神志模糊,不知过了多久,突然清醒过来,才发觉自己瘫软在法皇的怀抱之中。

都怪法皇的爱抚太过淫荡,太悄无声息。虽说是迷恋璋子,实则把玩璋子的肉体,将她带往天界。

而现在,璋子由欢喜的绝顶慢慢回落到地上。

然而,灼热余韵是不会轻易消退的。快乐的记忆仍然执拗地残留在身体里,一刻不停搅动着璋子的心。

而这些感触,一年之后的现在仍然是那么清晰。

"法皇陛下……"长夜漫漫,冷帐寒衾的璋子被炙热的情思折磨得辗转反侧,呻吟不止,且不说上皇,就连她身边的女房们也无人知道。

大治四年(1129)至长承二年(1133)夏,鸟羽上皇和待贤门院在同一御所居住的时候很多,而且还经常同车出行。

尤其是大治五年年末和翌年天承元年(1133)的二月,一同赴熊野拜祭。

其中,大治五年时,女院比上皇稍晚一步,于十二月二日由鸟羽殿出发。

和女院同行的有兄长权中纳言藤原实能和异母弟左近卫中将季成,以及臣僚和女房们。

女院扮装成山伏装束,乘舆而行。途中,至田边一带很平坦,可以一边观赏海边景色一边前进,但一过田边之后,便进了山,道路立刻变得险峻起来。

于是,女院和女房们都换乘腰舆①这种简易的舆,由强壮男子扛着,攀登陡坡,抵达本宫。

当时,高官贵族以及老少妇孺能够到达熊野,全凭这种腰舆,法皇也曾经乘坐过它。

但是,年轻的鸟羽上皇却徒步行走山路,总是走在女院的前头。

到达本宫祭拜之后,乘熊野川的行船,下到面朝熊野河滩的新宫,并参拜了那智山之后,由此绕过纪伊半岛,返回京都。

顺利的话二十天,有时候要花费三十天,或者更长时间。尤其是随行女房人数多的话,侍奉者也就多,日程会更加拖延。

白河法皇在世时,三院御幸之际,同行的女院和上皇也以同样的速度行进,在同一个地方就近宿营。

而且,法皇每天必定召见女院,询问她一天的旅途劳累与否,并给予鼓励。

可是,自从和上皇二人赴熊野之后,虽说是二院御幸,上皇却经常独自前行,分别在不同的地方宿营。

即便是上皇年轻力壮,健步如飞,但也不无耐人寻味之感。

天承元年(1131)春,女院三十一岁,鸟羽上皇二十九岁了。

白河法皇已经去世将近一年半,而且崇德天皇还年幼,因此,鸟羽上皇的存在日益显著起来。

法皇去世后,上皇理所当然地接过了院政,无论是否出于本愿,他都不得不登上了政治舞台。

现在上皇正值年富力强,加上掌控朝纲的法皇已经作古,再无可以畏惧之人了。

---

① 相当于两人抬的小轿。

在这样的状况下,一直受到压抑的上皇的多情之心,开始萌动也就在所难免了。

此时,曾经是上皇近臣的前关白太政大臣藤原忠实,因被法皇罢免,尚处于蛰居之中。

上皇下旨予以赦免,赐予随身兵仗,允许其上朝,因此,他对上皇感恩戴德,以其立场,自然不好直言相谏。

其子忠通虽得到了重用,但忠实最大的心愿是将女儿勋子送入上皇的后宫。

此前,大治四年(1129)十一月,发生了佛师长圆遭兴福寺信徒二百人袭击,头部被殴打的事件。

此事虽然奇特,但其背景,是因为长圆乃"近来,上皇看上的女房三条局"的后见役①,而被补为兴福寺的大佛师,他还向同寺别当请求推举自己担任清水寺别当。此一连串的非分妄想招致了兴福寺信徒的反抗。

可以说,在追查此事件时,出乎意外地发现了上皇的婚外情,但上皇从此时开始宠爱三条局是毫无疑问的。

此三条局是曾经侍奉女院的上臈女房②,尤其是崇德天皇诞生之时,她曾服侍过御汤殿仪式。

上皇和三条局的关系一直持续下来,不久,三条局怀上了上皇之胤,产下了皇女妍子内亲王。

三条局的美貌在女房之中的确出类拔萃,但风传"其心性颇不安稳",性格稍嫌冲动。

或因之故,上皇的宠爱未能持久,皇女也被送至三条局的娘家五

---

① 即监护人。
② 身份高贵的女官。

条堀河府邸养育了。

对此一系列事件,女院当然并非一无所知。由于三条局是曾在自己身边待过的女房,听到这些传闻,自然心中不快。

但是,女院对此事从未提及。正是由于她熟知后宫中的女性关系错综复杂,即便上皇开始放浪,也丝毫没有劝诫之意。

女院觉得与其劝诫,莫如沉默更为明智。

这位三条局,后来被乳母子源成贤杀害,以悲剧收场。

随着与三条局疏远,鸟羽上皇发现的新目标,依然是女院身边的女房美浓。

此女乃石清水别当,权大僧都·光清之女,歌人小侍从的异母姐妹。

如此接二连三地向女院身边的女房出手,可见上皇的品位不高,但此次女院仍未发一言。

当然,美浓算得上是个美人,且远比三条局温婉持重,因此深受上皇宠爱,长承元年(1132)产下皇子,即日后的道慧法亲王。

此后,美浓仍继续受到上皇宠爱,两年后的长承三年(1134),产下上皇的第七皇子觉快法亲王,接着又生产了皇女阿夜御前。

长承二年,担任春日大祭上卿的藤原赖长,平安完成任务回京之际,女院虽然列席,但上皇的御幸却突然取消了。

关于此事,一些人风传,上皇因藤原宗成朝臣之妻突然死去,甚为悲伤之故。

该女性之父乃大纳言源能俊,作为上皇与女院的女房供职,封为五位。但是,此级别女性突然去世,上皇何以中止重要公务,闭门不出呢?

虽属一般人百思莫解的行为,但据知情者的了解,上皇与此女性的关系非同一般。

由此可知,即便是上皇正当风华正茂的盛年,但身边围绕的女性着实是各色各样。

女院对此事依然没有吐露一句不满之词。

这期间,上皇和女院居住在同一御所里。虽然是各住各的房间,但上皇是如何和那些女房们约会的呢?

难道说上皇是趁夜晚没有女院的女房值宿之际,悄悄招那些女房来御所,行鱼水之欢的吗?

关于此事,有记载如下:

> 上皇又御幸白河殿。不知何故。
> 未明,自鸟羽殿回一条。出鸟羽殿北门时,遇见女眷车辇。约四五人。何人不详。何故不知。

前一句出自《长秋记》,后句出自《中右记》,记录的应是上皇的不审之为。

尽管如此,这段时期,上皇还顾虑女院及其近臣,据说是将女房悄悄招至鸟羽的离宫等处约会。

只有美浓局是例外,因得到了女院的认可,上皇可以公然加以宠爱。

当时,贵族社会一夫多妻很普遍,已经习惯于此的女院,对于上皇的行为并没有多加责备之意。

对于女院而言,最重要的是这些女性的身份。

无论是与上皇有染的三条局还是美浓局,都是女院的女房,也是诸大夫之女,至少还是可以接受的。

虽心怀不快,但宅心仁厚的女院却愿意接纳她们。

例如，在御所举行美浓局所生皇子的着袴之仪时，女院曾亲临典礼，并为皇子系腰带。

该皇子成为大僧正·觉猷的弟子时，女院还和上皇一起前往鸟羽殿祝贺。

由上述例子可知，女院对美浓局并没有特别嫉妒之念。

再者，女院已过三十岁，以当时标准来说，她深感自己已过女人盛年。因此告诉自己，应该由美浓局她们代替自己去侍奉上皇过夜了。

在这一时期，摄关家正积极酝酿着另外一件事情。

前关白忠实十年来，一直怀抱着一个夙愿，就是要让女儿勋子成为鸟羽天皇的皇后。

其实，法皇曾经有意要勋子入宫，但忠实坚辞不受，惹怒了法皇，法皇便罢免了他的关白一职。

作为忠实来说，觉得让女儿去陪伴高龄的法皇，不太合算，从而招致霉运。可是，到了法皇驾崩之后，自己被赦免的天承元年(1131)时，勋子已经三十七岁了。

摄关家之女册立为后，已经中断了近八十年之久，这也是导致摄关家衰退的要因之一。

务必要趁现在的机会重振摄关家——这是父亲忠实和其子忠通共同的心愿，但忠通接近鸟羽天皇，不仅获得了关白之职，还使自己的女儿圣子当上了崇德天皇的中宫。

忠实知道后，并不满足于孙女的立后，更加迫切地希望自己的女儿勋子入宫。

如果能够实现的话，不但可以恢复摄关家的权威，对他们父子二人的政治前途会更加有利。

当然关白忠通对此事也助了一臂之力，到长承元年(1132)末，勋子入宫已成定局。

鸟羽上皇自身对于勋子并不太积极。之所以会接受她,只是出于与摄关家联姻对自己比较有利的政治上的考虑。

长承二年(1133)六月,忠实带着勋子由东三条院前往土御门殿,上皇于傍晚时分,自白河殿御驾土御门殿,宠幸了勋子。

此乃所谓试验交合,翌年长承三年(1134)三月,勋子被正式册立为皇后,并改名为泰子。

保延五年(1139),泰子又被赐予高阳院院号,成为女院。

但这些封号仅仅是形式上的,上皇的爱情对这位女性很难说深厚。

确实高阳院出身名门且天资聪颖,但比上皇年龄大得太多,又缺少女性的魅力,对于上皇并没有吸引力。

上皇曾将此事告知女院,并向女院辩白,是由于忠通的一再逼迫,才不得已让其入宫的。

这虽是上皇的真心话,但泰子凭借摄关家背景,在上皇面前相当强势。

事实上,日后泰子与美福门院携手,在鸟羽上皇、前关白藤原忠实、其子赖长、忠通等人之间竭力调停,在避免骚乱的爆发上,留下了巨大的功绩。

泰子由于没有生育,将上皇之女睿子内亲王收为养女,但后来此皇女死亡时,据传她一滴眼泪也没有流。

泰子就是这样一位骄矜而冷静的女人,但也有传闻说她厌恶男人。

此传闻,好像出自她曾将"男欢女爱图绘扇掷于地上"之事,但在男女关系相当开放的平安时代,大概被人认为是珍奇之事而流传开来的吧。

总之，泰子似乎并没有获得上皇的爱，但她的立后给予待贤门院及其亲信以强烈冲击，则是不可否认的。

因为此事和以往那些与上皇有关系的女人不同，泰子超越了单纯的爱妾地位，成为正式的皇后。而且还意味着，和女院平起平坐的女性，在这个世上又增加了一位。

女院很在意且重视这件事也是理所当然的。

长承二年六月二日，女院写给权中纳言源师时的御书里，有下面这样一段话：

> 前大相国（忠实）之长女（勋子）立为上皇之后之由，如上皇所示。此事对予而言，既非可叹亦非可喜。此亦年来所料之事。但，故院（白河法皇）临终之际，曾留下遗言，叮嘱不可发生此事。而今上皇背其意，只因我尚存于世之故。但此事切不可随意披露。

在上文中，女院表达了对勋子的入宫之事等，自己并不在意，既不感到悲伤也不感觉失落。

只是这件事有悖于已故法皇"不可发生此事"的遗言，借法皇之语加以指责。

并且悲叹道，然而上皇竟一意孤行，完全是由于自己还在世之故，是故意做给自己看的。

这些真心话只能对关系亲近的源师时说，不要对他人流露出来。

此信笺送出五日后，女院再次征求师时意见。

"我欲前往香隆寺的御墓祭拜。因忧烦世间之事，无由排遣，而发此念。然近日，因病服药。请问大人是否须忌讳。"

师时答曰："服药之事，无须忌讳。"于是，女院能够放心地去拜祭法皇的御墓了。

在此之前,法皇的御骨收纳于金铜之壶内,暂时安放于香隆寺里,但依据法皇遗言,女院下旨在鸟羽殿造塔,将尸骨收纳于此塔下。

因此,女院即便去香隆寺祭拜,那里也没有法皇的御骨。

但这天女院去祭拜的是,将法皇御体火化的香隆寺西北之野的火葬冢。

对于女院而言,比起没有安置御骨的香隆寺的御墓来,在这里更能够真切而活生生地回忆起法皇。

女院跪拜在火葬冢前,忆往昔,思未来,向法皇倾诉自己的万千思念。

法皇是自己的父亲,是自己最挚爱的情人,也是自己人生的导师。

自从失去法皇这位伟大的靠山以来,忧愁正一天天从自己的周边向自己悄悄逼近。

尽管这些是在法皇驾崩之际,女院早已预料到的,但那脚步声却比预想的还要早,还要清晰地一声声迫近了。

"法皇陛下……"

女院无论怎样呼唤,法皇也听不到,回应她的只有渐渐暗淡下来的夕阳的荫翳。

在暮色苍茫中,女院再一次呼唤着"法皇陛下……"颓然扑倒在坟冢上,泣不成声。

第十五章　荣华衰退

与待贤门院璋子个人的公事活动以及私人生活相关的花费,均由待贤门院院厅拨出经费,已成惯例。

除了国家给予的封户之外,女院还拥有法皇送给她的许多庄园,财政上十分宽裕。

此外,为攀附女院势力,将自己的庄园献给女院,自己出任该庄园领家①的庄园主也不在少数。

例如,大治三年(1128),当时的检非违使左卫门尉藤原永范将位于远江②国榛原郡的质侣牧进献给圆胜寺,作为报偿,永范及其子孙获准拥有领家职,而管理此圆胜寺的即是待贤门院厅。此外,周防③国的玉祖神社地皮及其他三处领地,即是安艺权介藤原实明进献给法皇,自己成为其所领④,后来法皇也将此领地划归了待贤门院。

如上所述,待贤门院厅拥有众多土地和寺院,运营此院厅的官吏,

---

①仅次于庄园拥有者的庄园主。
②日本旧国名,现在的山口县。
③日本旧国名,现在的静冈县。
④同"领家"。

即院司,是由别当、判官代、主典代构成的。

此三职是天治元年(1124),中宫璋子列为女院之后才设立的。

据保延元年(1135)的《待贤门院厅下文案》记载,女院的别当有权大纳言兼陆奥出羽按察使藤原实行等二十二名,判官代有堪解由次官兼信浓守藤原亲隆等七名,阵容相当可观。

其中一些别当、判官代与女院身边的女房们有着千丝万缕的关联。

例如,曾任别当的刑部卿藤原敦兼之妻,是璋子生下的通仁亲王的乳母。别当权中纳言源师时右卫门督之妻,是女院的内侍,他们夫妻之间生下的女儿,是女院的女房右卫门督。

除此三职外,院厅里还有许多从事杂务的藏人和非藏人。

院厅事务的掌门人是主典代,从最初开始一直担任这一职务的是中原宗房。他自璋子册立中宫时,被任命为中宫大属,中宫列为女院的天治元年转为主典代。

主典代下面还有数名官吏,并各有分工。

院厅里面还设有侍所、进物所、釜殿等处所,以及召使①、镒取②等杂役。

侍所担当院厅的宿卫和警固,其总管称为侍长,大治四年(1129)的在任侍长是源国安。

大治五年十二月,女院赴熊野祭拜时,由侍所派出藤原远兼等六名武士随行护卫。

进物所是为女院调配烹制一日三餐的御膳房,釜殿是煮饭和烧开水之处。

---

① 从事杂务的卑微官吏。
② 管理仓库者。

女院府邸内有水井,并备有御汤殿和御樋殿①。

待贤门院厅在财政上可谓是资产雄厚,在人才上也是济济一堂,这些无不仰仗法皇打下的牢靠根基。

女院发愿在仁和寺域内创建自己的御愿寺,是在大治四年秋天。

在此之前,作为女院的御愿寺,已在白河之地建立了圆胜寺,但此寺带有公用的性质,且不是基于女院自身发愿的寺院,因此女院一直感觉不甚亲切。

原本女院受到白河法皇影响,笃信佛教,加上法皇驾崩后,对自身前途深感不安,作为心境安宁之所,发愿建立兼做御所的新寺院也是合情合理的。

只是地皮成了问题,而当时的仁和寺占地宽阔,远比现在大得多,连双冈也包含在其范围之内。

幸好女院很早便虔诚皈依仁和寺别当觉法法亲王,而且仁和寺权大僧都信证也得到了女院的皈依,因此,法亲王和信证都愉快地接受了女院在仁和寺内建立御愿寺的意向。

女院执着于仁和寺,还因为养母祇园女御在此处建立了威德寺,并在此寺度过了余生。

毋庸赘言,祇园女御是法皇曾经宠爱的女人,也是女院形式上的养母。

法皇驾崩之际,女御一直侍奉左右,并于当年的闰七月二十五日,在白河的阿弥陀堂盛大举办了法皇的四十九日供养。

其后,女御落发出家,在威德寺的本堂以西修建的住所里静静地度过晚年。祇园女御的生活方式,使女院心向往之也很自然。

---

① 贵族府邸里的厕所。

女院在仁和寺周边建立御愿寺的愿望,也得到了鸟羽上皇的赞同。大治四年九月,对三处候选地进行了占卜,其结果,与寺域南边接壤的天安寺遗址作为建寺用地被正式确定下来。

土地确定下来后,仁和寺御愿寺的建造交由播磨守藤原基隆承担。

基隆早已将三条乌丸府邸①献给了法皇,其母藤原家子是雅仁亲王乳母的典侍,女儿是璋子生下的雅仁亲王的乳母。因此缘故,基隆很受法皇的宠爱,与女院的关系也自然很深厚。

御愿寺的建造工程中,女院最关心的是将寺院背靠的五位山流淌下来的青女瀑布引入庭园,此工程由林贤法师负责设计、建造。

奉女院之命,别当师时前去工程现场视察后,记录了当时自己的印象:"地形优美,景色极佳。尤以新瀑之水,巧夺天工。皆出自林贤之匠心。"

大治五年(1130)初秋,工程即将竣工,十月九日,在女院殿上,以别当源能俊为中心,举行了"御堂供养定",商定庆祝落成供养的仪式程序。

十四日,于上皇御所白河殿进行了寺名评定,从数个御愿寺备选名称中选定了"法金刚院"。选定此寺名的是圣慧法亲王,推荐者是关白藤原忠通,最终由上皇做出了裁定。

法金刚院的落成供养仪式,于十月二十五日,在法金刚院内隆重举行,同日大赦天下。

此日,午时②,上皇和女院御幸法金刚院,同时关白藤原忠通、右大臣藤原家忠、内大臣源有仁等公卿、殿上人多人列席。

---

①三条西殿。
②正午前后。

供养由女院别当藤原清隆主持,以觉法法亲王为导师举行,女院外甥藤原公教和右近卫少将藤原忠基等表演了舞蹈,继而论功行赏。建造御堂的基隆封为从三位,大工[1]国末从五位下,佛师远觉和绘佛师明源分别赐法桥[2]。

据当时的记录记载,法金刚院占地约一町四方[3],中央有一巨大池塘,在池塘西面建造了阿弥陀堂,在东面建造了御所。

于西边的篱笆墙处设大门,东边的篱笆墙处设有通往御所的御门。

位于中央的池塘颇为巨大,从御所去对岸的御堂要依靠舟渡。

由以上可知,法金刚院不仅仅是单纯的寺院,是由"阿弥陀堂、御所、庭园"三者构成的特殊样式,此造寺样式正是从此时流行起来的。

女院决心要在这里度过后半生,当时,法金刚院的御所也称为仁和寺御所,因此,一些人称女院为"仁和寺女院"。

后来,女院命将青女瀑布加高五六尺[4]。女院还希望在法金刚院建三重塔和藏经楼。

由于一町见方的寺内没有富余的地方可以建造,便拆除南边的篱笆墙,于阿弥陀堂的南边,东建三重塔,西建藏经楼,以回廊相连接。

这些建筑,由女院别当丹波守藤原通基承建,通基也是与女院交情深厚,蒙受女院庇荫的人物。

以上工程施工期间,在法金刚院的御所北侧开始建造北斗堂。

这是一座丝柏树皮葺顶的小巧玲珑的四方形堂宇,北斗堂内安放了将北斗曼荼罗立体化的带密教色彩的诸佛像。

---

[1] 木工寮的工匠之长。
[2] 日本僧位之一。
[3] 约一万平方米。
[4] 一点五至一点八米。

随着寺院的修整,原有的御所变得狭窄起来,于是,又在御所旁边加盖了新御所。

这一工程的督造是和女院关系密切的周防守藤原宪方,并非凡受领或有财力者皆可担此任。

到了保延元年(1135)三月,鸟羽上皇和待贤门院两院,携七岁的第五皇子本仁亲王驾临法金刚院。

两院首先进入北斗堂,以觉法法亲王为导师,举行了庆祝此堂宇落成的供养。

然后,上皇与本仁亲王同车驾临仁和寺北院的寝殿,与觉法法亲王一同用膳,让将来准备出家的本仁亲王与法亲王见面。这是女院的夙愿,亲王的将来终于可以放心了。

上皇和本仁亲王再度回到法金刚院,和女院一起光临"渡始之仪"①,之后进入了新御所。

此仪式由女院别当藤原实行主持,判官代高阶通宪和藤原知通分别充当火童和水童②。

三献之杯后,上皇和皇子还驾二条万里小路府邸,女院作为主人独自留下,在此过了一夜。

穷尽奢华铺张的法金刚院,正是象征待贤门院后半生的寺院和御所,但事与愿违,女院周围的状况却未必尽如人意。

不过,这只是女院和女院身边侍奉者才有的感觉,局外人毕竟无从知晓。

---

①即开始渡桥的仪式。

②日本人认为神、人相同,都会有子孙后代,因此,日本民间有将神之子称为"御子神"的习惯。这种"御子神信仰"与"王子信仰""母子神信仰"有很密切的联系,故此,日本的许多神是以儿童的形象出现的,如水神童子、雷神龙子等。

近来,与法金刚院相关的一切庆典或供养,鸟羽上皇从未缺席,在人们眼中,上皇与女院显得亲密无间,和美至极。

从表面上看,人们会认为上皇和女院的关系十分牢固,一如既往。

但此时,上皇身边已有代表摄关家的藤原忠实之女泰子(勋子)的存在了。

而且近日来,上皇又看上了权中纳言长实之女得子,时常宠幸她。

对于这位得子,《今镜》中有如下记载:

出身并非十分高贵,其父中纳言长实,而其母乃源氏堀河天皇之大臣俊房之女,千金之身,寻常之辈绝无攀附之可能。

意思是说,得子乃权中纳言之女,很难说身份多么高贵,但其母是左大臣源俊房之女,故而娇生惯养,岂有嫁给普通贵族为妻之理。

法金刚院即将落成之前的长承三年(1134)春,已入宫为妃的勋子改名为泰子,成为皇后。翌年保延元年,得子怀孕,十二月产下皇女,即后来的睿子内亲王。得子凭此女,翌年被封为从三位,其地位变得更加牢固了。

尔后,皇后泰子将此女收为养女,泰子与得子迅速接近,与待贤门院对立的新势力逐渐形成。

对于围绕上皇的这些纷繁的女性关系,以及随之而来的宫中势力的衍变,女院不可能一无所知。

这一时期,曾流传过"女院诅咒上皇"的谣言,虽说这是一些好事者对上皇的女性关系捕风捉影而流传起来的,但凡事无风不起浪。

其实,时至今日,上皇和女院之间已经没有男女之交了。

原本上皇就是位心地敦厚、温和体贴之人。故而法金刚院的供养以及各种仪式,上皇都和女院一同光临,经常陪伴左右。

仅看表面,自然会认为两院是夫妻恩爱、鸾凤和鸣的。

但这些只是表象,女院和上皇之间已经没有床笫之欢了。

此时女院年仅三十四岁,正值盛年。

以当时来说,后妃到了这个年纪,不再侍寝并不稀奇。

可女院是已故法皇衷心热爱的女人,从不曾孤枕独眠过。

女院从十四岁就开始受到宠爱,至今依然百媚千娇,仪态万方。

即便女院知道自己已今非昔比,无奈身体却不能安分。尤其是白天与上皇见过面的夜晚,她的身体愈加火烧火燎,以至于不得不以自慰来排解。随着手指的抚慰逐渐加速,终于扭动着腰身悄然登顶。

然而,无论怎样自我安慰,与男人怀抱中的那种充实感相去甚远。

肉体上虽然达到了高潮,但体内的火热情欲却如阴火般滚滚沸腾。

正是法皇将此深重罪孽植入女院之身。

法皇确实给予了女院无边无际的爱,引导她体味到了丰富多彩的欢愉,可事到如今,反倒造成了恶果。

让女人达到如此成熟、旺盛之境,自己却溘然长辞,抛下二十九岁的风华绝代的女人独对孤灯,也实在太残忍了。

或许女院以为法皇走后,自己身边还有上皇,可是上皇的爱也中断已久了。

那么,让女院如何去处置灰烬般灼热依旧的身躯?

仿佛没有觉察到女院深受情欲煎熬一般,上皇与女人之间的艳闻不绝于耳。

一想到这些,嫉妒与焦躁纠结在一起,使得女院的心灵没有一刻安宁。

女院日日夜夜独自烦忧,无人可诉,精神和身体渐渐出现了异常。

从六月末起，女院陷入了抑郁状态，终日闭门不出。

八月二十五日拂晓，女院突然剪掉许多头发，散落床边一地。当然是女院自己剪掉的，但女房们惶恐不安，请人为女院占卜此怪异之举。

从此时开始，女院月信也不调起来，迅速消瘦下去。

穷尽奢华的法金刚院虽然落成，女院却心情淤滞，满腹幽怨。

对于女院显而易见的身心异常，比任何人都要担忧的是崇德天皇。

法金刚院即将落成的长承三年（1134），天皇十六岁了。

天皇虽然年轻单纯，却非常孝顺母亲。

不用说，崇德天皇是白河法皇和女院之间生出来的健康的儿子。

因而，法皇对此皇子异常宠爱，在他五岁时，便逼迫当时的鸟羽天皇退位，拥立了崇德天皇。

天皇对这一过程也很清楚，对于从白河法皇那里感受到的浩瀚无边的爱，至今仍记忆犹新。

当然，天皇对母亲女院也想念殊深。

虽然已生育七个子女，但对于女院来说，天皇是她十九岁时生下的第一个孩子。而且，是最爱的白河法皇之子，女院对他的爱超越了任何一个孩子。

而天皇和鸟羽上皇的关系则显得不那么亲近。

当今天皇，即崇德天皇出生时，上皇曾经冷冷地说过"非寡人之子"这样的话。

因为上皇从自己和璋子的关系判断出，他是白河法皇的御子。

所以，形式上虽是父子，但上皇对他一向很冷淡，暗地里称崇德天皇为"叔父子"。

所谓叔父,即自己以外的男人之意,暗指白河法皇。

后来崇德天皇也知道了上述经纬,自懂事后,天皇跟上皇就不亲近,对其所作所为常常看不顺眼。

对围绕上皇的众多女性关系,天皇自然也认为有伤母后之心,是不能允许的。

尤其是对于上皇接二连三地对母后的女房出手,并一再让她们生子,年轻单纯的天皇甚感不快。

天皇对于上皇违背已故法皇遗言,让勋子(泰子)入宫,册立为后之事更是忍无可忍。即便是顾及摄关家的面子,不得已而为之,也是不能允许的。再说,对另一女人得子的宠爱实在过分,对母后名誉造成了极大损害。

在《今镜》的有关这段历史的记述里,对于上皇和得子有如下记载:

有御方(得子)常潜入宫中侍寝,一刻不离左右,几怠于朝政,夜夜宠幸无度。

意思是说,上皇对得子宠爱无比,无论去哪里,都带在身边,连朝政也不理,无夜不是良宵。

这位藤原得子的肖像,现保存在京都市伏见区竹田的安乐寿院里。

光看此肖像,并非闭月羞花的美人,却如此魅惑了鸟羽上皇,足见她除了性格可爱之外,肉体亦充满魅惑之力,与上皇的嗜好极其吻合也未可知。

上皇和得子的痴态既已成公开的秘密,应无一遗漏地传入女院耳中。

对于自幼集法皇宠爱于一身,踏着作为女人之"王道"一路走来的女院而言,这些传言只能是无法忍受的羞辱。

据说,当时女院和崇德天皇之间,有师时之子师仲传达信息,师仲之母是女院的内侍,因此,女院的痛苦被一五一十地传达给了天皇。

天皇一想到母后女院的苦恼,便按捺不住愤怒,打算对于伤害了母后的上皇身边之人,施以某种处罚。

当时,尽管是在院政时代,政治大权也归属天皇,没有天皇的最终认可,哪怕是上皇,也不能随意定夺。

当然,很多场合,天皇会尊重上皇的意志,避免无意义的对立,可是一旦天皇启动大权,即便是上皇也无可奈何。

长承三年(1134),崇德天皇对得子的亲族和上皇的近臣下达的处罚,无论令上皇怎样不快,上皇也不能面对面表示抗议。

该处罚是:停止得子之父,已故藤原长实之三子,散位正四位下长辅上殿。禁止得子之弟,备后守时通和伯耆守长盛作为国守参与行政。并没收了得子之姐故左卫门佐某某的遗孀的土地以及庄园、家产。

还没收了与上皇关系密切,参与了得子入宫的参议右兵卫督藤原显赖的住所。这位显赖是与藤原家成平起平坐的上皇的权臣,其姐妹荣子是崇德天皇的乳母。

连显赖的宅第也被没收,显示出了崇德天皇对上皇的亲信以及得子身边之人是多么不满。

对上述处罚,女院没有流露任何感想。虽然她只是默默旁观,但对儿子崇德天皇的做法,想必是深感痛快淋漓,扬眉吐气。

从天皇来说,这既是对折磨母后女院的一族的处罚,也是对母后深情厚爱的表达。

以此为契机,女院严重的抑郁病很快康复,重新投入法金刚院的修建之中。

此时，女院多年切盼的三重塔和藏经楼的建造，与收纳于藏经楼的金泥《一切经》的书写正在同时进行。

保延二年(1136)的菊花盛开的十月，在崇德天皇光临之下，法金刚院举行了三重塔的落成仪式和金泥《一切经》的供养。

某日午时①，天皇驾临法金刚院的御所，同时，等候在池面浮舟上的乐人们，一齐奏响雅乐，御所里，有关白忠通等上卿和殿上人候驾。

天皇于御所的寝殿里用膳之后，乘腰舆前往御堂，礼拜阿弥陀如来之后，前往三重塔，关白忠通跟随天皇之后，执下袭②之裾。

礼赞佛之功德的证诚证明是真实的。由觉法法亲王担任，导师由僧正·忠寻担任。

然后返回法金刚院内御所的天皇，光临以僧正·忠寻为导师举行的金泥《一切经》的供养后，发布敕令。接下来，演出多近方等舞乐，至深夜子时③天皇才还驾回宫。

真是别开生面的豪华典礼。崇德天皇于翌年九月，再度行幸法金刚院，二十三日、二十四日两天，御览赛马十番，并留宿法金刚院。

二十五日，天皇在寺院内池塘享受了游舟之乐后，回到御所，先举行了乐器演奏会，后举行了和歌会。

其中，内大臣藤原赖长等二人吹笙，参议右近卫中将藤原实衡等三人吹笛，源有仁等二人弹琵琶，宫内卿源有贤抚和琴，权中纳言藤原宗能打拍子，各人施展擅长的乐器，多次合奏乐曲。

---

①正午前后。
②下袭是日本古代男子服饰。穿在袍里面，从袍里露出来拖在地上。
③零时前后。

全体参列者饮酒之后,吟唱今样①、神乐歌②、朗咏③等,然后是殿上人、上达部们相继起舞助兴。

夜深后,殿上人以及女房们全加入进来,举行了赛歌会。以"菊契千秋"为题,各人咏诵和歌,权大纳言藤原实行起草序章。

忠通咏了一首:

君之圣代千秋业,长月白菊永不败。

君之圣代就如同长月时绽放的白菊,将永远盛开不败。

女院的女房堀河代表女房作歌一首:

白菊犹似云上星,朗朗乾坤知千秋。

就像天上的星星般熠熠生辉的白菊那样,天空也能够感知到永恒的秋天。

此歌被推为佳作。

歌会之后,各有赏赐,彻夜游兴之后,天皇还驾大内时已是二十六日拂晓了。

此间,女院和天皇始终并肩而坐,尽情享受母子亲情。

他们时而娓娓倾谈,时而开怀大笑,望着他们两位谈笑风生的神情,令人欣慰无比。殿上人和女房们无不祝福女院和天皇,感觉女院的身体也完全恢复如初了。

---

①平安中期至镰仓初期流行的新样式的歌谣。
②用于神乐的歌谣。
③雅乐的歌唱形式之一。

第十六章　女院出家

　　法金刚院于保延元年(1135)基本建成,其豪华殊胜,连周边风景亦为之黯然失色,即便如此,山庄的气息依然浓厚,待贤门院璋子并未在此处隐居或长时间居住过。

　　毕竟彻底离开繁华锦簇的都城,寂寞难耐,从打理院厅事务角度也有诸多不便,因此,这一时期,女院主要居住在位于三条大路南、京极大路西的三条京极殿。

　　而当时崇德天皇的御所是二条东洞院大内,鸟羽上皇居住在二条万里小路府邸。

　　虽说女院的地位或存在感日趋式微,但形式上女院乃上皇正妻,当今天皇的母后,所以上皇凡事都竭力讨女院的欢心。

　　实际上,在法金刚院的建设上,上皇也鼎力相助,并尽量出席女院主持的法会。

　　譬如,法金刚院举行的诵读"理趣经"[1]法会,以十一面观音为本尊,祈求国家安泰的修二月会[2]等等,上皇也都主动莅临。

---

[1]真言宗的常用佛典。
[2]阴历二月在寺院举行的为祈祷国家昌盛的法会。

此外，保延三年（1137）十月和同四年正月，以及同六年十二月，上皇三次携女院一同祭拜熊野，还一同参拜了石清水八幡宫、贺茂神社，以及得长寿院、仁和寺等。

尤其值得一提的是，两院还频繁拜访与白河法皇因缘最深的法胜寺。

看到两院琴瑟和谐的样子，人们会觉得，即便有得子这样的爱妃存在，女院的地位也是不可撼动的。

这期间，女院最担忧、最关爱的是末子本仁亲王。

亲王天生病弱之体，也使女院时时为亲王的未来担心。

因而，保延六年（1140）六月，亲王十二岁时，女院让他出了家，作为法亲王，被授予"信法"的法名。上皇也驾临了此授予仪式，法亲王不久改法名为"觉性"。

这位本仁亲王上面的第四皇子雅仁亲王，被称为"今宫"。顺便提一下，亲王日后成为后白河天皇。

保延三年（1137）十二月，在四条宫为十一岁的雅仁亲王举行了"读书起始"之仪，两院也都出席了。

保延五年（1139）时，在当时女院和雅仁亲王居住的三条高仓府邸，为年满十三岁的雅仁亲王举行了"元服仪式"[①]。

女院事前为亲王准备好了元服后要穿的两腋下开衩的浅黄色锦袍。

仪式于分别坐在母屋帘内的上皇和女院面前举行，加冠由左大臣源有仁，束发由头中将藤原教长担当。

---

①日本祝贺男子成人的仪式。年龄多在十一至十七岁。内容是改变发型和服饰、加冠。废止幼名，起正式的名字。

当天仪式中,雅仁亲王的一招一式皆十分得法,在场者无不为其成长而感佩。

仪式后的酒宴中,头中将藤原经定作为敕使自宫内前来传旨,呈上授予亲王"三品"的位记①。

与此同时,上皇的爱妃藤原得子于保延五年(1139)五月生下了渴望已久的皇子,排行第三,上皇以及上皇的权臣藤原显赖等均欣喜若狂。

借此机会,宫里当然举行了盛大的庆祝活动,但这些庆典对于正宫皇后待贤门院而言,却是个沉重的消息。

再加上,一直举家侍候女院的女院别当藤原清隆之妻家子,被以"二条"的名义招去做新皇子的乳母,对于女院更是难堪的屈辱。

与女院的愁思百结相反,鸟羽上皇正热切期盼着此皇子荣登皇位,无奈其生母得子既非皇后也非女御。

于是,上皇想出了将新皇子过继给崇德天皇和中宫圣子做养子的苦肉之策。

据推测,此案是当时迅速倒向得子一边的关白藤原忠通的策略,不久便得以实施,此子与天皇及中宫圣子结成了养子与养父母的关系。

新皇子被命名"体仁",封为亲王。八月中旬,顺理成章地作为天皇的养子成为皇太子。

十天后的八月二十七日,从三位得子以东宫之母的身份被封为女御,同时,皇后泰子被授予高阳院院号。得子登上皇后宝座只是时间

---

①天皇授予的记录名位的文书。

问题。

不过,对于崇德天皇来说,体仁亲王的母后是使女院痛苦的得子生下的皇子。他为什么会允许将这个皇子立为皇太子呢?乍看似乎很费解,但作为没有自己的皇子的崇德天皇,也无法断然拒绝。

永治元年(1141)二月二十八日,鸟羽上皇驾临法金刚院的一切经会,与久违的待贤门院见了面。

此日,上皇初次向女院流露了出家的打算。

那么,上皇究竟为何决意要在这个时期出家呢?

这一年,上皇才三十九岁,距离出家年龄尚早,但当时的出家,并不意味着完全退出政治舞台。

非但如此,成为法皇之后,还曾经长期君临院政第一线的白河法皇就是先例。他与现在的女院,待贤门院璋子演绎出一幕幕华丽昭彰的忘年之恋,亦是在成为法皇之后。

一方面上皇想要模仿法皇,加之,与最宠爱的得子妃之间生下的皇子刚刚成功立为太子,可以说再没有值得他忧虑之事了。

对于上皇的出家意向,女院并没有什么表示。

因为女院觉得,既然上皇自己想要出家,那么尽可随他的意。

只是,女院突闻夫君想要出家,才发觉自己也面临着该考虑出家的时候了。

当然,上皇并没有这样明说,但女院能够感觉到,上皇不希望做妻子的不随同他出家。

三月八日,上皇为举行出家仪式前往鸟羽殿。

女院以身体不适为由没有同行,上皇得知后,公然和皇后得子分乘两辆车子,前呼后拥,从御所起驾前往。

途中,上皇向居住在六条万里小路的太皇太后令子内亲王告知了出家之事后,抵达鸟羽殿。

翌日三月十日,巳时①,于鸟羽殿内东御堂,以僧正·信证为戒师,上皇受戒出家,被授予"空觉"的法名。

就这样,上皇变成了法皇。此时恰逢樱花开始谢落,花瓣纷纷扬扬飘落到郑重施礼后退下的新法皇肩头,仿佛在慰劳他。

这件事情,即刻由头中将藤原教长奏明了崇德天皇。

天皇默默地听着禀报,脑子里萦绕的满是母后女院的身影。

照此情形,母后的出家想必也为时不远了。念及母后,天皇不觉备感寂寥。

比上皇出家稍晚一些,五月五日,高阳院②也于宇治的小松殿落发出家。

其落发谓之"削发尼",并非将头发完全剃度。

但女性的出家与男性有所不同,是以断绝对尘世的执念,祈愿往生为目的的。当然,落发后与夫君就不再有性生活了。

原本厌恶男人的高阳院,对此没有任何不满,而法皇也减少了一位需要顾及的女性,更加可以安心了。

另一方面,泰子与得子的关系更加亲密,对侍候她们两人的女房,女院的女房们一向是态度冷淡。

尤其是保延元年(1135)五月,在北野神社以南的右近马场上举行了一年一度的宫中骑射比赛,前关白藤原忠实、关白藤原忠通、权大纳言藤原赖长,以及侍奉泰子和得子的女房们悉数出席。

本来,女院的女房们也预定出席此会的,只因不愿和上面那些女房们接触,而没有前去观赏。

---

①午前十时前后。
②指皇后泰子。

以前姑且不论,如今以得子为中心的势力远远强于己方。因此,她们不想低三下四地出席那样的场合。这是女院的女房们真实的想法。

觉察到这些气氛,鸟羽法皇一直在各方面尽力照顾到女院。

比如保延六年(1140)二月,法皇和得子赴熊野祭拜,但同年的十二月,仿佛为了安慰没有同去的女院,又与女院一起赴熊野祭拜。

为了协调后妃之间的平衡,法皇就是如此劳神费心,但仅仅这些并不能打消双方的对峙。

特别是女院这边,认为自己立后在先,正宫娘娘非自己莫属,而对得子和高阳院怀有强烈的敌忾之心,所以二者之间只能是水火不相容。

待贤门院璋子身边的女房们,由于法皇的关照,个个才貌兼备,出类拔萃。

换言之,女院所享受的文辞华美、绚丽多彩的宫廷生活,都是由这些女房营造出来的。

女院立为中宫是元永元年(1118),直到上皇决定出家的永治元年(1141),已经过了二十年以上,因此,这期间女房们也在更迭换代。

构成这些女房之核心的是宣旨、御匣殿、内侍三职和乳母,其他女房们,原则上都是正六位上的命妇。此外,在前天皇大内里供职的女房们,也常常以前典侍、前掌侍等资格来侍奉女院。

除上述之外,还有女藏人、女嬬、半物、刀自、杂仕女、女童、长女①等等众多女房侍奉。

试举有记录可考的主要女性为例,首先是高仓殿,左大臣源俊房

---

①以上均为身份低微的负责杂务的宫中女官。

之女。她也是女院别当源师时的姐妹,女院中宫时代出任宣旨。

御匣殿乃太政大臣源雅实之女,起初是白河法皇的上臈女房,蒙受法皇宠爱。

其次是内侍,乃大纳言源师忠之女,上面所提到的源师时之妻。此外,但马乃女院的乳母,法成寺执行隆尊之妻,也是白河法皇近臣高阶为家之女。

还有右兵卫督乃源师时之女,其母是上面提及的内侍。

大夫典侍乃神祇伯源显仲之女,也是歌人。

堀河乃源显仲之女,也是院政时期具有代表性的女流歌人,中古六歌仙[①]之一。

她是和女院关系最为亲密的女房之一,日后随同女院出家,以下面这首和歌而闻名:

君心难测心忧烦,今朝对镜青丝乱。

歌意是:我不知道你的爱情是否能够长久。长长的黑发纷乱,心绪也纷乱,今早与你分别后,相思绵绵心忧烦。

此和歌也包含了女院的立场,讴歌的是女人不安分的缭乱情思,也收入了《小仓百人一首》[②]中,为后世所熟知。

堀河还留下了以下的佳作:

[①]中古六歌仙指日本平安时代前期(794—894)的六位杰出的和歌诗人。纪贯之在《古今和歌集假名序》(《古今和歌集》之序文)中列举的六位"近世的有名歌人"被后世称作"六歌仙",即僧正遍昭、在原业平、文屋康秀、喜撰法师、小野小町和大友黑主。

[②]原指日本藤原定家的私撰和歌集《百人一首》。藤原定家挑选了直至《新古今和歌集》时期一百位歌人的各一首作品,汇编成集,因而得名。这份诗集今称为《小仓百人一首》。

世事无常如秋露，日暮露重沾衣袖。

用无常来比喻我自身的话，什么合适呢？就如同沾湿衣袖的秋露吧。

此歌之意也同样包含了女院的立场，但她的和歌里充满了明澈的抒情性与哀惜之感，多被敕撰和歌集采用。

这位堀河之妹兵卫也擅长和歌，姐妹俩都与西行法师[①]交情深厚。

另外在大炊殿里供职的有，大纳言源师赖之女，天治元年（1124）时，任通仁亲王的乳母。

还有一条，是大藏卿源师隆之女，后来成为女院的第二皇女统子内亲王[②]的乳母。而且一条的姐妹也是雅仁亲王的乳母。

如上所述，构成待贤门院的女房主力的，仅记载在册者已达十余人。

此外，不能够忘记的女房是与鸟羽上皇有关联的女性们。

首先是权大纳言源有仁之妻与上皇的私通已如前述，加上参议藤原家政之女三条局，她在侍奉女院期间蒙受鸟羽上皇宠爱，诞下皇女（妍子）内亲王，但后遭杀身之祸，皇女被令子内亲王领养。

另外，美浓局乃石清水别当光清之女，其母是石清水权别当法眼

[①]西行法师（1118—1190），平安时代末、镰仓时代初期的歌人。俗名佐藤义清，曾仕鸟羽太上皇，成为"北面之武士"。二十三岁出家，在洛外结庵修行。他的和歌，平淡中有诗魂的律动，文辞自由跌宕，具有修行者清冽枯淡的心境和个性，被认为是和歌史上可与歌圣柿本人麻吕匹敌的歌人，对后世产生巨大影响。著有《山家集》《西行法师家集》《闻书集》等。

[②]上西门院。

觉心之女藤原周子。

美浓局作为女院女房侍奉期间因美貌出众而很快受到上皇宠幸,于长承元年(1132)生下道慧法亲王,以及觉快法亲王和皇女。

据说与上皇有了这样的关系,美浓仍然在女院身边侍候,和上皇关系切断之后,成为源师长的后妻。

和自己的夫君有染,甚至生子的女性在自己身边侍奉,现代人实在难以想象,但在男女关系十分开放的当时来说,并非特别罕见之事。

实际上,创立待贤门院时,与特别宠爱女院的白河法皇有特殊关系的女人,也有作为女房侍候女院的。

虽说女性身份各自有别,但从得到同一个男人之爱的女人之间的复杂心境而言,也难以单方面去非难和排斥对方。

这也是作为当时宫中的女性必须隐忍不发的秘密。

也是为了排解这些忧郁,在女院的御所内经常举行花样繁多的游艺。

待贤门院身边才媛、佳人云集,已如前述,此外还聚集着许多才华横溢的男歌人,如藤原实行、藤原实能、源师时、藤原成通、源雅兼、藤原家成、藤原公教等等。除他们之外,因种种缘故,出入女院御所的优秀名歌人也为数不少。

其中与女院身边的堀河和兵卫等过从甚密的有西行法师。

西行出家前的俗名是佐藤义清,乃是"以一门忠勇之士侍奉法皇"的北面武士,作为纪之川沿岸的肥沃庄园的预所[1],过着衣食无忧的生活。

然而,贵族社会里,以五位、六位的卑微官阶,无论怎样奋斗也不

---

[1] 代理领家打理庄园事务之职。

会获得重用。

西行的歌里，多有诸如"微不足道之身"的自嘲之辞，亦是对自己卑微身份的悲叹。

由于怀才不遇和强烈自尊，西行无法忍受现状，于二十三岁时，自愿舍身，毅然出家，但其真实动机，不可否认，乃是彻底从一切官职及阶层中超脱出来。

出家前的西行，也是女院的同母兄藤原实能的家臣，据推测，西行是在造访实能建造的德大寺等过程中，获得接近女院御所的机会的。

据推测，西行是在某寺院结识了堀河和兵卫，才得以出入女院御所的。

这位西行生于元永元年（1118），比女院年轻十七岁，因此，从那个时候开始，女院就是他崇拜的偶像。

当时，西行赠予兵卫局的和歌词书里有如下文章：

十月中旬，去法金刚院赏红叶时，听闻上西门院[①]光临，回想待贤门院在世时的情景，感慨系之，赠歌一首予兵卫局。

由此文可知，西行曾经常拜访法金刚院。

不可思议的是，这般才媛、歌人荟萃一堂，女院御所里却几乎不曾举办过歌会。

女院最爱的恩师白河法皇，也算得上是一位歌人，但女院一首也没有留下来，难道说她不大擅长和歌？

不过，女院堪称弹奏古筝的高手，仿佛得到过藤原季通的真传一

[①] 即女院的第二皇女统子内亲王。

般。女院有时自娱自乐,有时与女房或殿上人等合奏,来排遣愁绪。

除此之外,女院时常举行物合①。

物合包括种合②、石名取、扇纸合③、斗鸡等,将种种东西分为左右两拨,让大家竞出优劣的游戏。

即把众人分为左右两边,立于中间的裁判,对双方展示的物件,比如漂亮的纸扇或美丽的花草,做出优劣评判。斗鸡的场合,则让两人拿来的鸡相互争斗,获胜次数多的一组胜出。

石名取的玩法是,先将二三十个石子撒在地上,取其中一个石子掷向空中,在其落地之前,尽可能多地捡拾地上的石子,并接住落下来的石子。如此按顺序比赛下去,直到一方先将铺席上的石子捡光为止。

石子数量,因和歌之故,一般多为三十一个。

因此游戏需要多动,所以女性们大多轻装上阵。

比起优雅的歌会来,女院偏爱此类热闹的竞技之艺,也许是由于对和歌兴趣不大,更主要的是想要通过聚拢女房们,玩玩热闹的游戏,来驱散忧郁心情吧。

值得一提的是,保延元年(1135)三月举行的斗鸡,以及五月举行的扇纸合,鸟羽法皇也光临了。

可见,女院暗暗期待上皇可能会驾临的心态也是不可否认的。

虽说上皇现在对自己已失却兴趣,热衷于得子,但女院还是希望能够在自己身边感受到作为男人的法皇的存在。

这眷恋情愫超越了爱憎,激荡在女院的心底。

---

①比赛双方所持物件优劣的游戏。

②斗花草。

③斗扇。

永治元年（1141）十二月，崇德天皇年仅二十三岁，便在鸟羽法皇的强迫之下，将皇位让给体仁亲王。

亲王当然是法皇和得子的孩子，形式上也是崇德天皇和中宫的养子，因此向天皇进言"无须挂虑地让位好了"的是关白忠通。

就这样，诞生了近卫天皇①，然而崇德天皇让位之后，看到让位宣命时，却发现在应该写着让位给"皇太子"的地方，变成了"皇太弟"。

岂有此理！无论是亲子还是养子，只要是让位给皇太子，崇德天皇早晚还有可能执掌院政，但若换成皇太弟，通往院政之路便被阻断了。

崇德天皇发觉此意图后，怒不可遏，不知策划此奸计者是何人。

上皇立刻去告知母后女院，上皇和待贤门院的亲信都断定策划此卑劣计谋的，肯定是受到法皇宠爱、穷奢极欲的藤原得子所为，因此加倍憎恨得子。

若冷静思考一下，正得宠的得子恐怕玩不出这样卑劣的招数。

其实，谋划此奸计的，是使女儿圣子成为崇德天皇的中宫、近卫天皇之养母的关白藤原忠通。

平安时代，以通过藤原氏一门的同姓氏老臣们，实现自己的毒辣计谋而知名的双璧是忠平和忠通。

此二人表面上装得笃实忠厚，言辞谨慎，办事周全。尤其是忠通，擅长和歌、汉诗，还是有名的书法家。他所采取的计策虽然并非新招，却十分老到。

此后，忠通还玩弄诡计，屡次给近卫天皇的御所造成火灾，将天皇驱赶到他自己的府邸近卫殿来，从而达到独占近卫天皇的目的。

同为法皇，执掌院政，鸟羽法皇与白河法皇的手段相比，实在是云

---

①近卫天皇（1139—1155），日本第七十六代天皇，名体仁，鸟羽天皇的第九皇子，1141至1155年在位。十七岁时夭折。

泥之差。

即便如此,鸟羽法皇也看出了忠通企图,对前关白忠实道:"可疑之所,乃关白(忠通)以己力立幼主摄政,欲以图专权乎?"

并哀叹:"天下将乱。呜呼哀哉。"

此皇太弟事件确实影响到此后的保元至平治之乱,成为导致战乱的重大事件。

其实,忠通一贯的策略是,使用一切方法削弱崇德上皇的实力,同时,让其父忠实和其弟赖长远离政权。

忠通的阴谋逐渐奏效,而更成问题的是,崇德天皇和待贤门院被狡猾的忠通所迷惑,只将憎恨的矛头指向女御得子和鸟羽法皇。由于判断失误,致使忠通更是有机可乘。

永治元年(1141)十二月,近卫天皇刚一即位,女御得子便作为国母,被册封为皇后,中宫圣子为皇太后。

从规格上来说,得子和女院平起平坐了。

而且,此后又发生了两起撼动女院地位的大事。

第一件是法金刚院上座法桥信朝突然因诅咒之罪被逮捕,被拘禁于检非违使厅。这位信朝是女院的乳母子,其罪状是,在近卫天皇登基后的十二月中旬,诅咒了女御得子。

究竟是否真有其事,女院方面抱有怀疑,但无论如何,女院对独占鸟羽法皇的皇后得子不抱好感则是确凿无疑的。

第二件事是康治元年(1142)正月,因奉女院密诏,于摄津国广田神社鼓动巫女们跳梁,诅咒皇后得子的罪名,判处待贤门院判官代源盛行及其妻——女院女房从五位下,津守岛子流放土佐[①]国,巫女朱雀流放上总[②]国。

---

① 日本旧国名,现在的高知县。

② 日本旧国名,现在的千叶县。

此事件的出现,仍然是天才谋士忠通之阴谋,但得知此事后,皇后得子自然是决眦震怒。鸟羽法皇为安抚得子的怒气,也不得不对盛行夫妻施以处罚。

且不论事件的真伪,但这一连串事件使得一直不待见得子的待贤门院方面心惊胆寒,不知今后还会怎样被罗织罪名,惨遭迫害。

归根结底,此次女院未能拯救盛行夫妻,也意味着待贤门院势力的衰落,败给了得子。

从今往后,女院又该依靠谁,以谁为支撑活下去呢?且不说鸟羽法皇,即便向已退位的崇德上皇诉说,也无济于事。

到了如此境地,恐怕莫如逃脱现世的纷扰,求得心灵的宁静吧。思来想去,女院决心落饰出家。

而且没有和任何人商量,是女院自己决定的。

康治元年(1142)二月二十六日,于法金刚院举行了待贤门院出家仪式。

这天虽已入春,仍是料峭春寒,环抱法金刚院的森林里,残雪皑皑。

未时①,仪式开始。相互心怀芥蒂的鸟羽法皇和崇德上皇御幸法金刚院,此外右大臣源有仁、权大纳言藤原实能、权中纳言藤原成通等上达部和殿上人也出席了。

觉法法亲王担任戒师,僧正·信证为唱师,剃度者为女院之子仁和寺信法②,女院被授予"真如法"的法名。

女院时年四十二岁,与其说是自愿出家,莫如说是因落魄之身、万

---

① 午后二时许。
② 本仁亲王。

念俱灰而出家,虽亦有为之落泪者,但未出席的忠通,想必正暗地里得意窃笑。

女院的御所法金刚院笼罩在沉痛的氛围里,当天夜晚,独宿寝殿时,女院重新想起了白河法皇。

无奈落发之事,璋子已然告知了法皇之灵。

如今出家后,璋子却感到与法皇更贴近了。

夜上阑珊,花冷①时节,屋内凄清如许,宽衣解带后,璋子却感觉脚下缭绕着春夜温暖的氤氲。

璋子躺在床上,凝望岑寂的暗夜,看见法皇的音容笑貌活生生近在眼前。

她无限怀念地注视着法皇,低声倾诉衷肠。

"万般无奈,遁入空门,唯有哀伤无限。

"对我来说,只有你是最可信赖的人。

"今日出家,不久也将与你相会,请等着我。

"到那时候,请一定用力地搂着我,尽情地爱我吧。"

女院轻声呼唤着"法皇陛下",早已泪如泉涌,但夜深人静,没有一个女房察觉女院正暗自神伤、珠泪横流。

---

①樱花开放时,骤然变冷的气候。

第十七章　佳人残影

待贤门院璋子的出家意味着退出现世的俗事,同时也意味着完全失去社会影响力。而在私生活方面,则意味着不再与鸟羽法皇同寝,也即是放弃作为第一皇后的地位。

然而,并非因此女院与法皇之间完全恩断义绝。虽说出了家,但女院是崇德上皇以及诸皇子皇女的生母这一事实,是无法抹去的。作为法皇,虽然以往那样浓情蜜意的夫妻情爱已然冷却,却不能无视白河法皇在世时,从女院那里获得的莫大鼓励与爱情。

康治元年(1142)七月三日,法皇与上皇一同御幸法金刚院,出席始于此日的女院举行的"百日御念诵"。

此时,已削发为尼的女院,心念圣尊,通过口诵真言的百日修法,祈求解脱现世烦恼。

此修法一结束,女院便于十二月,独自踏上了朝拜熊野之途。

迄今为止,女院已经赴熊野朝拜过十二回了,大多是和白河法皇、鸟羽上皇同行的,单独去熊野祭拜,这是第二次,也是她此生最后一次。

已有了"真如法"法号的女院,日日念佛精进,踏上此朝拜熊野之漫漫旅途,也是为了追忆白河法皇。

自从最初在法皇陪同下赴熊野到现在,已经过去了十七个春秋,但往返路途上的情形与当时几乎没有多少改变。

在途中宿营时,女院也尽可能挑选还保留着过去状态的地方。

在旅途上,睡在一如从前的房子里,女院会自然回想起法皇,常常不知不觉地产生躺在法皇怀抱里的错觉而醒来。

自己为了摆脱红尘中的种种不如意而出家,怎会这般清晰地回忆起法皇来呢?女院为自己的淫欲而惶惑、羞耻,同时又一次怨恨起把自己调教成这样,却抛下自己先走一步的法皇。

曾经和白河法皇、鸟羽上皇一同朝拜熊野时,随行者超过二百人,而现在自己只带了十分之一的二十来个随从。

作为已入佛门的女院的孤独旅途,也势在必然,但回顾往昔荣宠,女院备感落寞,实乃万般无奈之事。

这一时期,鸟羽法皇与崇德上皇的关系并非那么不和谐。

法皇虽然一直将上皇看作"叔父子",但上皇之后圣子皇太后,尽管是形式上的,却是鸟羽法皇和得子生下的近卫天皇的养母。

由于这层关联,两人之间表面上一直相安无事。

例如,康治元年十月,近卫天皇与皇太后圣子同车,行幸贺茂河原,光临大尝会①的御禊。与之同时,鸟羽法皇驾临二条室町府邸,与崇德上皇、睿子内亲王、前斋院统子内亲王、皇后得子等一起观览天皇之行幸。

---

①也称大尝祭,是日本天皇即位后第一次举行的新尝祭,天皇亲自将当年的新谷献给神的大祭典。一代天皇只有一次,十分隆重。

法皇还经常和上皇一起出席法会,参拜各处的御寺。

尤为引人注目的是,康治二年(1143)闰二月,两人相伴朝拜熊野。

同年五月,京都流行天花,上皇患病时,法皇曾亲临上皇御所探望。

天养元年(1144)十月,在皇后得子的白河押小路殿里,举行崇德上皇的第一皇子重仁亲王的着袴仪式时,法皇也曾和上皇一起临席。

人们目睹二位上皇的和睦之态,不觉得他们之间关系多么紧张,但崇德上皇的心情是相当复杂的。

说穿了,法皇和得子皇后是使崇德上皇最敬爱的母后待贤门院陷入痛苦的人。

每每念及此事,崇德上皇便怒火中烧,但考虑到自己微妙的立场,只好极力保持平静的姿态。

为了慰藉自己思念母后之情,上皇有时会悄悄去探望母后,共度一段时光。

康治二年(1143)三月,鸟羽法皇在鸟羽的成菩提院举行了法华经讲经会,为白河法皇做法事祈冥福之际,上皇也见到了女院,讲经会后,母子二人聊以相互抚慰思念之情。

这段时期,女院几乎都居住在法金刚院,终日虔诚向佛。

但这年五月,女院也罹患了天花。

时值天花肆虐之际,雅仁亲王之妃藤原懿子也因此而送命。

万幸的是,女院病愈了,但此后仍感身体不适。七月,女院移居成为女儿前斋院统子内亲王御所的三条西殿。

一是因为女院曾经在这里住过,二是因为随着自己身体日渐衰弱,女院想要和最贴心的女儿一起居住。

然而,由于这三条西殿两个月后失了火,于是,女院和统子内亲王一起移居到了崇德上皇居住的三条西洞院。

虽属偶然,但女院居住在这里的两年间,对她来说,是和最爱的儿子、女儿生活在一起的,此生最后的安宁时期。

这一年,由于夏季罹患天花,女院的身体已急剧衰弱,而且,自秋天开始,君仁亲王也健康状况不佳,更使女院劳心伤神。

女院生下的第三皇子君仁亲王,绰号"痿宫",是个起居不能自理的残疾人。用现代的医学名词,大概就是脊髓灰质炎导致的小儿麻痹,并存在语言障碍。

因此,康治二年,君仁亲王虽然十九岁了,也未举行元服之礼,便出了家。

女院移居三条西洞院后,君仁亲王的身体日趋衰弱,同年十月十八日,他终于在六条殿走完了其不幸的一生。

君仁亲王之死使女院受到了沉重的一击,身体愈加虚弱而憔悴了。

这段时期,鸟羽法皇虽然非常宠爱皇后得子,但对其他女性的好奇心也很旺盛。其中之一是女院的兄长权大纳言藤原实能之女,是很早就以"春日"之名侍奉女御得子的女房。法皇自康治元年(1142)时起,就对这女人倾注爱情,并使她诞下一女,起名颂子。其后,法皇又染指检非违使左卫门尉源光保之女土佐局,交往密切。

与此同时,曾为鸟羽法皇近臣的藤原显赖开始接近皇后得子,以她为后盾,保持着隐然的势力。显赖还与关白藤原忠通沆瀣一气,谋划增强与女院和崇德上皇对峙的势力。

对于女院而言,这是无法容忍的背叛行为,但女院对这些无耻之徒的动向不曾显示出任何关注。

到了天养元年(1144),女院精进佛道收到成效,对于世俗已趋达观,过着心如止水、六根清净的日子。

西行法师与侍奉女院的兵卫局和帅局等女房交往更加密切也是

在这一时期,并在离法金刚院不远的小仓山山麓结了庵。

此处位于前往京都的途中,西行法师时时遥望坐落于寂光环绕之中的法金刚院,愈加思念静静度过余生的女院。

待贤门院璋子结束了其绚丽奢华而又命蹇运乖的一生是在久安元年(1145)八月二十二日。

夺取女院性命的直接病因是什么呢?史上没有明确记载,但从四个月之前的四月开始,女院便卧床不起了。

在那之前,女院曾因罹患京都流行的天花,连日高烧四十度不退,经受了长达十天的病苦折磨,终于死里逃生,但身体消耗巨大。近来身边不断发生的种种繁杂之事,也使她心力交瘁,再加上孤独寂寞等等,从而夺去了女院的活力。

其实,这一年璋子才四十五岁。若是现在,正值女人的锦瑟韶华,但当时的女人五十岁前后死亡并不罕见。

四月初,崇德上皇曾来看望过母后,却不见一点好转,病体日渐衰微。虽有当时的名医丹波重康等人竭力救治,却毫无起色。

六月十九日,举行了由名僧祈祷延寿的御逆修[①]。其结愿的曼荼罗供养于八月九日举行。法皇也驾临三条高仓府邸,祈祷女院平安。

到了此时,女院已知大限将至,留下了有关遗产处置的遗嘱,宣布将法金刚院留给仁和寺的信法法亲王[②]。

此后,八月十日,即忏悔女院罪障的御忏法结愿日时,法皇特意驾临,并看望了女院。

女院仍不见好转,至八月二十二日,已病势垂危。

[①]生前为自己祈祷死后的冥福的法事。
[②]本仁亲王。

接到此报，法皇即刻赶往女院的病榻前守候，酉时①，女院临终之际，法皇一边敲磬，一边落泪，侍臣及女房们皆号哭啜泣。

死因虽然不明，但天花的后遗症导致的衰弱死，恐怕是比较合理的解释吧。

此时此刻，女院的灵魂已被召唤到天上去了。

平静瞑目的女院的脸上已看不到一丝痛苦的表情了。遗体于二十二日装殓入棺，二十三日由三条高仓府邸，以生前同等规格移送至法金刚院的三昧堂，收纳于建在其北侧的五位山陵寝的石穴之中。

女院留下遗嘱，死后不火葬，土葬于法金刚院后山。

接到女院薨毙的讣告，上皇以及诸皇子都为女院服丧，法皇也着黑色法衣服了丧。

此间，法皇脑海里闪过的是与女院结为夫妻之缘以来，二十七年来的种种酸甜苦辣。

在权倾一时的法皇的控制下，苟且于天皇之位的日子；对不可预测的将来忧惧重重时，得到璋子的支撑抚慰的时候；以及作为"叔父子"之父的难堪处境等等，这万般思绪犹如决堤之水般滚滚涌上心头。

虽然自己也怨恨过璋子，但感受更深更多的还是璋子对自己的支持和爱。

和法皇一样，失去了母后女院的崇德上皇及诸亲王们也都悲戚不已。

其中一人，女院最喜爱的信法法亲王吟咏的一首和歌，与其词书"待贤门院驾崩之后，却听闻法金刚院里杜鹃声声"一起收入了《千载和歌集》：

---

①午后六时前后。

今若不曾归故里,杜鹃声声向谁啼。

如果今天我没有来到母后居住的法金刚院,啼叫的杜鹃,到底在和谁一起回忆母后的呢?

此外,失去母后的雅仁亲王①也亲笔撰文,痛悼母后。

久安元年八月二十二日,待贤门院仙逝。犹如熄灭灯火后,独对暗夜一般,悲痛不能自已。五十天过后,崇德院称新院时,命吾"搬来与朕同住",虽恐相距太近,多有不便,所幸爱好相同,夜夜一同吟唱。

上文表达了母后驾崩后,自己仿佛被抛入暗夜之中,不胜哀伤之感。当时,雅仁亲王居住在三条高仓府邸,但兄长崇德上皇在母后四十九日法会时,察觉此处是女院居住的地方,雅仁亲王会睹物思母,终日以泪洗面,便劝他移居三条西洞院。雅仁亲王接受了兄长的建议,移居了过去。虽担心与上皇住得过近,多有不便,但在三条西洞院,与兄长一同吟唱度日,真实记录了失去慈母的兄弟之爱。

另一方面,鸟羽法皇也追思女院,为她祈求来世冥福。

不用说,女院晚年的孤独和失意,与法皇一味宠爱皇后得子和其他女性有很大关系,但法皇心底还存留着对女院的爱情,并非特别憎恶、疏远女院。

例如,久安元年九月十八日,于三条高仓府邸举行百万遍念佛时,

---

①后来的后白河法皇。

法皇曾出席。九月二十四日，为女院做法事，奉献阿弥陀佛三尊、金泥五部《大乘经》《法华经》二十部，同时，供养女院在世时亲笔抄写于御消息纸[1]背上的金泥《阿弥陀经》一卷。此外，十月一日，崇德上皇在三条高仓府邸供奉弥勒菩萨图像、《法华经》宸笔[2]的《弥勒经》时，法皇也亲临了。

十一月一日，女院四十九天法会，在女院御愿的圆胜寺盛大举行。

这一天，法皇、上皇、雅仁亲王以及前斋院[3]也亲赴圆胜寺。

此后，每月二十二日，女院月忌时，法皇都和上皇、前斋院一同御幸三条高仓府邸。

女院身边的女房们对女院的思念更是非同一般，久安二年（1146）六月，去法金刚院祭奠的堀河尼追忆鼎盛时的女院，不禁汍澜涕下。

"待贤门院仙逝后，六月十日去法金刚院祭奠时，庭园内枝繁叶茂，却不见人踪。回想女院居住此院内时的情景，犹历历如在眼前，不觉悲从中来，唯有茅蜩之声不绝于耳。"

  山庄思君独啜涕，唯有蝉蜩伴泣声。

缅怀故主，怅然若失。在这让人一步一思念的幽静山庄里，却不见一个人影，没有人和我一起哭泣，只有蝉蜩和着我的哭声鸣叫。

堀河尼等女房们，一直居住在三条高仓府邸为女院服丧，直到女院周年。当时，西行法师也曾与堀河尼唱和，追思女院。

"待贤门院仙逝后，女房们仍留在故人居所，守孝一年。南面的樱

---

[1] 即信纸。
[2] 天子亲笔所书，也称"敕笔"。
[3] 统子内亲王。

花凋落时节,寄语堀河女房,聊以慰藉。"

君去一如花坠落,不问风信觅芳踪。

像樱花一样飘零坠落的你的行踪,无论怎样寻找,也不会去问风信的吧。

唱和:

如得风信觅芳踪,吾愿似花随君去。

如果风可以告诉我你的行踪的话,我宁愿像樱花散落那样,追随你而去。

久安二年五月二十六日,崇德上皇和雅仁亲王一同御幸法金刚院,乘舟渡池前往阿弥陀堂。鸟羽法皇也御幸此御堂,以法务权大僧都宽信为证诚,终日举行为女院祈祷冥福的御八讲。

不久,临近女院周年的六月二十八日,崇德上皇御幸三条高仓府邸,商议安排女院周年的法事。

七月三十日,首先法皇、上皇、前斋院统子内亲王出席了在圆胜寺举行的周年法会严修。接着,于八月五日,法皇、上皇供奉了《涅槃经》。

到了八月二十二日,女院周年这一天,在三条高仓府邸举行了曼荼罗法事。除了两院外,雅仁亲王、信法法亲王、统子内亲王等亦出席。许多与女院交情深厚的上卿、殿上人也前来参加。

法皇、上皇以及诸亲王,虽想法各不相同,但事关追念女院的法事,大家都来参加,一起怀念女院,表达哀思。

但周年法事一结束,女院的女房们便离散了。

当时,崇德上皇和女院的女房兵卫之间,有如下唱和:
待贤门院仙逝后,御忌之后各奔东西之日。

御忌之后各东西,唯愿此泪寄哀思。

——崇德院御作

服丧有期限,到了期限人们各回各处,至少能让伤悲之泪留在此处。
应和:

今日惜别何时见,无尽伤悲泪涟涟。

——上西门院兵卫

今日将各奔东西,悲伤不已,泪水怎么也止不住。

平安朝末期,十二世纪前叶,待贤门院璋子走完了她那享尽人间荣宠的生涯,可谓名副其实的"风光无限的一生"。

她的前半生被包裹在当时的最高权力者法皇的狂热爱情之中,攀升到了女人所能抵达的荣耀阶梯之顶点。

在璋子十多岁至二十九岁的大约十五年间,法皇即是她的恋人、情人,也是父亲和监护人。

璋子能够遇到这样集权力于一身,并对她奉献了全部情爱的男人,作为女人,不能不说是无比的幸运。

在她的晚年,法皇驾崩后,虽说不无凄凉失意,却是风光无限的前半生导致的孤高和寂寥。

不过,璋子在中宫时代,怀上了法皇之子,将此子作为鸟羽天皇之子生下了后来的崇德天皇,则是无可争辩的事实。

对此,璋子怀有多少负罪感,不得而知。有关这些,璋子没有留下任何文字或口述等。

这一切都是她最爱的男人白河法皇为了她而做出来的。对此,璋子应该不会有什么异议。

白河法皇驾崩之后,璋子的丈夫鸟羽上皇称此子是"叔父子",并不断地偷香窃玉,周旋于许多女人之间,致使璋子痛苦万分。

璋子一直最深爱的、最信任的人始终只有法皇一人。

最心爱的男人白河法皇驾崩后,他的身影仍然深深烙印在璋子的身心里,因此,位居第二的男人的去留就不那么重要了。

无论周边发生了什么事情,璋子也是白河法皇的恋人,是国母,高居于其他女性无法攀比的地位,受到众人景仰。

此外,众所周知,璋子身边聚集了众多富于睿智的女房,构成了后宫的核心。出家后,她还热衷于建造佛像和写经,通过建造法金刚院,对于建筑、庭园、雕刻等做出了巨大的贡献。

璋子生活在统治平安朝多年的摄关政治崩溃之前的时代,这一点有着巨大的意义。

璋子的存在可称得上是平安朝最后的辉煌。虽然她辞世稍早了一些,但是,没有目睹非常爱慕母后的两个儿子[①]之间对决的保元之乱[②]和平治之乱[③],以及武士社会来临的现实,不能不说是一种幸运吧。

[①]指崇德上皇和后白河上皇。

[②]日本保元六年(1156),因天皇家族和摄关家族内部的对立而引发的动乱。崇德上皇、藤原赖长率源为义、源为朝、平忠正等为一派,后白河天皇、藤原忠通率平清盛、源义朝等为一派,双方发生冲突,以天皇一派取胜告终。武士势力由此进入政界。

[③]平治之乱指保元之乱后,1159年(平治元年),在保元之乱中为后白河天皇立了大功的源氏家族首领源义朝,因不满自己的封位比平氏家族首领平清盛低,趁平氏家族离开京城参拜神社之机,联合藤原信赖拘禁上皇和天皇,甚至杀死了天皇的亲信。平清盛闻讯赶回京城,击败源义朝,诛杀藤原信赖。平氏政权由此达到全盛期。

此后,久寿二年(1155)七月,后白河上皇将母后的忌日八月二十二日定为国忌,该日要在法金刚院举行为女院祈祷冥福的御八讲。

建久三年(1192),后白河上皇驾崩后,此国忌被废除,到了此时,曾经侍奉过女院,目睹过她的荣耀的人们大多已谢世,女院完全隐没于历史的长河中。

而且,毕生把女院视为"永远的女性",抱有无限憧憬的西行法师也于建久元年二月圆寂。

待贤门院辞世后,已流逝了八百六十五年的岁月,今天仍然能够鲜明地回忆起璋子。

其场所当然非璋子建立的法金刚院莫属了。

该寺院如今仍留存于京都以西,距离 JR 嵯峨线的花园站不远的地方。

应仁之乱时,寺院被烧毁了一部分,天正、庆长的震灾时,殿堂也曾被烧毁。元和三年(1617),照珍和尚重建了主殿堂、藏经楼等,却未能恢复旧貌。

但殿内的本尊阿弥陀如来、僧形文殊菩萨等五个重要文化遗产保存完好。

而现在被指定为特殊名胜的庭园,不用说,即是待贤门院作为极乐净土而建造的"池泉回游式净土庭园"①。

虽然无论是寺院还是庭园都大大缩小了,不过是当时的规模的四分之一,但现在仍占据着京都西边的五位山山麓,是屈指可数的保存着平安时代旧貌的庭园之一。

---

①可以在水池及其周边环绕散步观赏的比较大的表现极乐净土的庭园样式。

伫立于此处,恍惚觉得待贤门院仍然居住在这御堂里面。实际上,在这里依然可以感受到璋子的气息。

现在,法金刚院里架藏了一幅待贤门院璋子的画像。

这是一幅绢本着色的画像,长三尺五寸一分①,宽一尺七寸二分②。该画像画的是落饰后头发剪短的"削发尼",即带发尼僧模样的女院。

女院的容貌与平安朝时代的女性不同,脸庞稍长,两手捻着佛珠。因日久经年,画面的色泽已变得浅淡,但看得出她披着白色的头巾,身着白色打衣,外套淡墨色罩衣,下着红色的袴。

一看便知是女院晚年的姿容,面部隐隐显露出忧郁,但表情柔美,依稀可见当年平和婉约的佳人倩影。

虽然画像的年代不能确定,但据角田文卫考证,推测是女院驾崩后不久画的。曾经挂在法金刚院的三昧堂里,或女院陵寝上建立的法金刚律院里。

我初次造访这里,是在十一月末的红叶时节。

虽说与昔日规模相比,庙宇已不可同日而语,然而,庭园四周仍可见平安朝时的沧桑古石和葱郁植物,透过池边繁茂的绿荫,可以窥见灿若晚霞的鲜艳红叶。

一踏进这里,都市的喧嚣便悄然远去。如今,这古都以及这幽静的庭园,给后人呈现着平安朝时代的古韵风貌,任时光静静流淌。

我沉浸在冥想之中,眺望那火红的枫叶时,忽然产生了一种错觉,恍惚看见璋子和法皇携手从茂密的树丛中走出来。

---

① 一百零六点三厘米。
② 五十二厘米。

他们牵着手,偶尔停下来,隐身绿荫倾情热吻。虽已是无人不知的恋爱,却躲到树荫里,让人无法看清楚。正入迷观瞧时,夕阳已经落入双冈的山间,残照染红了大地。

　　我不由得被这血色残阳所吸引,屏住了呼吸。宛如在等待这个瞬间似的,他们两人的身影渐渐消失在了落日余晖之中。

　　距今八百九十一年前,他们正是伫立在此地,在这万籁俱寂中发出爱的盟誓,一次又一次为爱而疯狂。

　　而现在,再一次从云间探出头来的晚秋夕照,仿佛在追忆当年他们的真情挚爱一般,闪耀着火辣辣的光芒。

　　只要大自然亘古不变的生命律动依然存在,就算是香消玉殒、命尽魂归,男人和女人至死不渝的狂热爱恋,亦将代代演绎、永世相续。

译后记：超越千古的人间情爱物语

一直注重描写现代人情爱生活的渡边淳一，初次在《天上红莲》这部作品中，将目光投向了一千多年前的日本平安时代。围绕女主人公——鸟羽天皇的皇后璋子的颇具浪漫传奇色彩的一生，给人们展开了一幅绮丽隽永的王朝情爱画卷。

随着女主人公命运的跌宕起伏，小说时而浓墨重彩大写意，时而工笔细描精雕琢，人物刻画饱满传神，心理描写真实细腻。而且文化内涵丰富，场面宏大，真实再现了平安王朝末期的皇家贵族们的日常起居、出行场景，以及各种皇室典礼、官职、佛教、祭祀、建筑、庭园、乐舞、诗歌、技艺、服饰、用具等等。并随着情节发展，配合以四季美景，生动描写了"曲水之宴""七夕歌会""赏雪"等日本民俗特色场景。这部作品拥有史诗般的恢宏气势，可称得上是作者晚年的一部佳作。

这部凄美哀婉的王朝爱情故事取材于史实，小说中出现的历史人物均有史料可查。作者凭借非凡的想象力，将枯燥的史料骨架，制成了丰满的血肉之躯。因此，尽管是跨越了千年岁月的历史小说，也并不让人感觉多么遥远，作品中古代王朝主人公的爱恨情仇历历如在眼前。

璋子与两个最有权势的男人（白河法皇与鸟羽天皇）之间的爱情纠结构成了故事的主线。在她十四岁至二十九岁的大约十五年间，法皇即是她的养父和监护人，也是她的恋人、情人。她的前半生被包裹在当时的最高权力者白河法皇无以复加的爱情之中，攀升到了女人所能达到的荣耀之顶点，成为皇后，乃至皇太后。她共生育了七个子女（其中前两个子女为法皇之子）。法皇驾崩后，失去了庇护的璋子，受到夫君鸟羽上皇的冷落以及鸟羽后宫势力的排挤，品尝到了孤独和落寞。万般无奈之下，也为摆脱尘世所累，璋子于四十二岁时削发出家，吃斋念佛三年后，四十五岁时追随法皇而去，走完了她那"风光无限的一生"。

作者将历史上这段乱伦之恋加以文学化，描绘得感天地，泣鬼神，评价璋子"是平安朝最后的辉煌""对建筑、庭园、雕刻等做出了巨大的贡献"。

从以古代的平安王朝为舞台，描写皇室爱情等角度来说，《天上红莲》与古典名作《源氏物语》有着异曲同工之妙，而渡边淳一之所以会创作这样一部历史题材的爱情故事，也与《源氏物语》有着不解之缘。作者通过潜心研究《源氏物语》，曾在其随笔《光源氏和他的女人们》中，深入剖析了十几位与光源氏有关联的女性的内心风景，探究了爱情关系中男女的地位变化。

渡边在这本随笔中认为："《源氏物语》的缺点之一，也许由于作者是女性的缘故，几乎没有描写有关性方面的内容。因此，对于男性读者来说，深感美中不足。我这样说，势必会招来反驳：'难道性描写如此重要吗？'我在此所说的性，并不是单纯的做爱或色情描写，而是作为男女之间的爱的原点，占据着重要位置的性爱。"

一言以蔽之，在渡边淳一看来，尽管《源氏物语》堪称千古绝唱，在人物描写刻画上，达到了很高的境界，仍然存在着这样一个缺憾。因此，作者写作《天上红莲》的意图之一，似乎可以看成是为弥补这一缺憾而做的尝试。

从以下几个方面比较一下《天上红莲》与《源氏物语》的异同，或许有助于对作品中所体现的作者的情爱观的理解。

一、主人公不同

《天上红莲》不是以男性（光源氏）猎艳好色为主干，而是以女性（璋子）为视角，描写与她有着密切关联的两个男性。一个是年迈的白河法皇，一个是自己的夫君鸟羽天皇，尽管璋子得到了两个最有权势的男人的爱，却又不得不为平衡他们二人之间的关系而劳神费心。

二、男主人公的不同

与风流倜傥的年轻的光源氏不同，《天上红莲》的男主角是已近古稀之年的法皇，男女主角相差四十八岁。这也是迈入古稀之年的作者最想描写的。渡边淳一谈及此作的创作初衷时曾说："最想写的高龄者的性与爱。""我经常想，年老了，就枯萎吧，这种想法本身就很不正常。""因为上了年纪，对异性就不感兴趣是胡说八道。"这一探索虽然已从《复乐园》《孤舟》就开始了，但与此二作有所不同的是，《天上红莲》真正细腻描写了老年人的性爱。通过这些描写可以看到，法皇六七十岁的年纪尚能痴迷女性到如此程度，充分体现了作者理想的阳刚之美。

此外，与命运多舛、虽然很有女人缘，却偷偷摸摸，或见异思迁，最终未能找到真爱的光源氏形成鲜明对照的是，法皇却不仅集权势于一身，一生呼风唤雨，而且虽然与璋子的爱是乱伦之恋，却堂而皇之，无所顾忌，不仅让璋子成为皇后，还想方设法让她为自己生了孩子，并且让这个孩子成为天皇，使璋子成为国母。如此天方夜谭般的所为，一方面展示了法皇的权利无边，同时也表现了法皇对璋子的爱情无边。

三、乱伦的不同

光源氏和法皇同是在养女十四岁时，将她变成自己的女人（光源/紫上、法皇/璋子),但光源氏是恋母情结使然——因恋母而爱上继母藤壶,最终找了酷似藤壶的紫上。而法皇和璋子却是出于单纯的男女之爱,主要是性的吸引而使他们跨越四十八岁的距离,走到了一起。

四、爱情的深度不同

相对于光源氏的多情、滥情,或单相思,终究未能获得专情的真爱而言,璋子和法皇幸运地找到了只属于他们两人的真爱。法皇对璋子付出的全部真情,无论是使璋子成为皇后、国母,还是物质享受,以及璋子生产时,不惜耗费巨大财力做各种祈祷等等,都无出其右者。尤其是在性爱方面,更是对璋子一往情深,使她享受到了作为女人的登峰造极的爱之欢愉。而璋子一直最深爱的,最信任的人始终只有法皇一人。

只是,风光无限的女主人公待贤门院璋子,尽管拥有真爱,晚年却落得郁郁寡欢而早逝,未能画上圆满的句号。在某种意义上,与《源氏物语》中的女性们的命运殊途同归,令人扼腕叹息。

在古代,男人与女人恐怕永远无法平等。女性无论处于多么荣耀的地位,最终仍要依附男性,一旦失去了强有力的依附,便只能任凭命运的摆布。

五、性爱描写

《源氏物语》里没有性爱描写。

渡边在《天上红莲》里对主人公进行了全方位的描写,包括性爱场景。作者试图通过充满激情、纯真而唯美的性爱描写,使人物的情感脉络更具有立体感和透视感,对日本古代王朝的这一爱情传说做出了独到的诠释。

至于这些性爱描写是否可以弥补渡边所认为的《源氏物语》的这一大缺憾,是否更有助于读者对人物爱情的理解,换言之,性爱描写在刻画人物情感时,是否不可或缺等等,还有待世人评说。

《天上红莲》可以说是渡边文学继《一片雪》《失乐园》《爱的流放地》等佳作之后又一部描写男女爱情的里程碑式的力作。借古代君王的一段忘年之恋,着力深入剖析了老年人的性爱,无论在题材、表现、主题等方面都翻开了新的一页,栩栩如生地再现了古代王公贵族的情感纠结,激情澎湃地讴歌了人性中永恒不变的爱。

古代社会里的男性,是以不断征服异性来表现其雄性权威的,如同动物世界里以力量来决定占有雌性动物的多少一样。同理,不可一世的白河法皇,即便在征服女人方面也充分显示了其无可比拟的强有力。

渡边认为,到了现代,人的动物性逐渐受到了理性的约束。伴随文明进化而来的,便是人的生命力的本源——爱的能力的弱化。但是,无论时代如何变迁,人们对爱情的向往是永恒不变的。无论是君王还是平民,无论是东方还是西方。因此,渡边的爱情小说,总是借助性爱描写来探索两性关系的真谛,却并非为了写性而写性,而是有着耐人寻味的文化内涵。

渡边淳一有句名言:"伦理与爱是不能共存的。"爱欲在渡边淳一眼里不关乎道德伦理,它只是一种自然状态的美的存在。他关注的是人内心深处的本能,是人世间潜在的非伦理的欲念,是那些无法用知性、理性的方式去处理的情感,他要用文字来表现和探究人间那美艳的情欲、男女之间情爱的妙味和魅力。

与谷崎润一郎、佐藤春夫、永井荷风这些视肉体欲望的全面解放为审美极致的唯美派作家不同的是,渡边作品的唯美表现,并不是感伤的、阴郁的、自虐的,而是愉悦的、阳刚的、陶醉的,自始至终贯穿着一种强烈的追求——爱是生命存在最富有创造力和表现力的方式。如同劳伦斯笔下的激情似火的爱那样,放射着耀眼的光芒,丝毫没有猥琐之感。

尤其有别于以往同类题材作品的是,《天上红莲》主人公的男欢女爱,不再像他的经典之作《失乐园》和《爱的流放地》那样,充满了伦理与欲望的矛盾冲突,最终以死亡为终结,而是一切顺其自然,对命运安之若素,超脱于现世。究其原因,可以说是《天上红莲》的古代王朝君主的特殊背景,使其主人公的情爱能够跨越种种世俗障碍,最后达到他们所能够达到的爱的极致。与其说作者在写一个古代爱情故事,不如说是在表达对唯美人生的追求。因而,法皇与璋子这对爱侣,终于超越了以往渡边作品中的步履维艰的主人公,达到了自在之境。

渡边淳一一贯认为,对男女个体而言,彻底的自由就是爱与性不受社会规则的束缚。在这个意义上,《天上红莲》成就了他的梦想。尽管女主人公璋子的晚年不无凄凉之感,但是她和法皇毕竟拥有过人间的挚爱。或许作者希望一千多年前的这段浪漫爱情,能够给踯躅于文明发展与人性张扬之间的今人带来一些启示吧。

作者最后以"即便香消玉殒,命尽魂归,唯有男人和女人狂热爱恋、至死不渝的事实,必将生生不息,永世长存"结束了作品。

从爱情成为艺术创作永恒的主题的那一刻起,作家们的这一追求就绵延不绝。这种对生命原创方式的审美渴求,显然寄托了作者对于为极度膨胀的物质欲所支配和迷惑的现代人的反思和对美好情爱的憧憬。

渡边淳一在创作生涯的晚年,终于通过这部《天上红莲》描述了日本古代君王的"问世间情为何物,直教人生死相许"的爱情故事,回归了他孜孜以求的"人类原点"。

竺家荣

2019.2

图书在版编目（CIP）数据

天上红莲/（日）渡边淳一著；竺家荣译. — 青岛：青岛出版社，2019.5
　　ISBN 978-7-5552-8095-8

　　Ⅰ.①天… Ⅱ.①渡… ②竺… Ⅲ.①长篇小说 – 日本 – 现代 Ⅳ.① I313.45

中国版本图书馆 CIP 数据核字（2019）第 049001 号

天上紅蓮 by 渡辺淳一
Copyrights：©2011 by 渡辺淳一
This edition arranged through OH INTERNATIONAL CO. LTD.
Simplified Chinese edition copyrights： ©2019 by Qingdao Publishing House Co., Ltd.
All rights reserved.
简体中文版通过渡边淳一继承人经由 OH INTERNATIONAL 株式会社授权出版
山东省版权局著作权合同登记号 图字：15-2017-237 号

书　　名	天上红莲
著　　者	（日）渡边淳一
译　　者	竺家荣
出版发行	青岛出版社
社　　址	青岛市海尔路 182 号（266061）
本社网址	http://www.qdpub.com
邮购电话	13335059110　0532-68068026
策　　划	刘　咏　杨成舜
责任编辑	霍芳芳
封面设计	末末美书
照　　排	青岛佳文文化传播有限公司
印　　刷	青岛双星华信印刷有限公司
出版日期	2019 年 5 月第 1 版　2019 年 5 月第 1 次印刷
开　　本	大 32 开（890mm×1240mm）
印　　张	7.75
字　　数	180 千
印　　数	1-8000
书　　号	ISBN 978-7-5552-8095-8
定　　价	39.00 元

编校印装质量、盗版监督服务电话　4006532017　0532-68068638
本书建议陈列类别：日本・畅销・小说